Il était une fois à Marrakech

**Il était une fois
A Marrakech**

Récit

Fred Kerouac

Copyright © Fred Kerouac 2021
ISBN 9782322381623

Il était une fois à Marrakech

Il était une fois à Marrakech

 *t une fois à Marrakech*

© 2021, Fred Kerouac
Édition : BoD – Books on Demand,
12/14 rond-point des Champs-Élysées, 75008 Paris
Impression : BoD - Books on Demand,
Norderstedt, Allemagne
ISBN 9782322381623
Dépôt légal : Août 2021

Il était une fois à Marrakech

Chapitre I

Notre quartier, El-Kasbah, est le premier noyau de la ville de Marrakech. C'est là où les Sanhaja conquérants, les hommes voilés du désert, avaient établi leur premier cantonnement, qui devint rapidement un fort. On trouve encore les vestiges de sa muraille. Ces guerriers, menés par leur roi Youssef Ben Tachfint, créèrent la dynastie des Almoravides, qui avait élargi ses conquêtes jusqu'à l'Andalousie et au-delà.

El-Kasbah est traversée, du Nord au Sud, par une rue principale, « Botwil », qui signifie le très long. Derb G est notre ruelle, une impasse qui s'ouvre sur Botwil. Séparée du mausolée des tombeaux Saadiens par un mur épais, deux mètres, bâti du temps du roi alaouite Moulay Smaïl, appelé comme de juste « mur smaïli ». A côté du couloir qui mène à l'entrée du mausolée, commence la grande mosquée Moulay El-Yazid.

Au fond de notre impasse (notre derb), la très grande demeure de notre plus riche voisin, El-G. C'était un homme d'une grande discrétion, on le voyait rarement. Grand, élégant avec sa jallaba parfois grise, parfois blanche, son tarbouche rouge pourpre, ses babouches jaune citron. Il arrivait de le voir passer, accompagnés d'hommes et de femmes, des européens, très élégants, surtout les femmes. Le lendemain, des capsules et des bouchons de champagne traînaient dans un coin de la ruelle. Nous, les gamins, ne savions absolument pas ce que c'était, mais nous les ramassions quand même, pour nous en servir comme matériel de jeu. En fait, El-G avait donné une réception la veille. On raconte qu'à l'indépendance du Maroc, la « main noire », un groupe qui se disait des résistants, avait séquestré chez lui El-G. Le lendemain ils étaient partis et on n'entendit plus parler d'eux. Une rançon très probablement.

Notre voisine d'en face vivait seule avec son fils, plus âgé que moi de quelques quatre ou cinq ans. Ma mère montrait à cette femme beaucoup d'estime.

A côté, la maison du marchand de kif. Il avait taillé dans sa porte une petite ouverture. Le client frappe, on ouvre la petite fenêtre, on prépare la commande, le client paie, et le tour est joué. Un bouquet de kif, avec deux brins secs de tabac (tibikha) ne coûtait rien du tout, en tout cas bien moins que l'équivalent en cigarettes. Mais les commandes n'arrêtaient pas de la journée. Ce voisin, un homme grand et athlétique, avait une immense voiture américaine, une Chevrolet, blanche avec des flancs couleur bois. Il partait au nord du Maroc, dans le Rif, pour s'approvisionner. Une ou deux fois par an, il avait maille à partir avec la police du protectorat. On le mettait en prison un mois, puis on le relâchait. Pour reprendre ses affaires, comme d'habitude. Le kif était très répandu. La classe des pauvres, c'est-à-dire la grande majorité des gens, en faisait une consommation régulière. On en vint même, au moment où le roi Mohamed V fut exilé en Corse d'abord, à Madagascar ensuite, au moment où la résistance contre le protectorat s'était intensifiée, on en vint à décréter un mot d'ordre stupéfiant :

« Pour combattre le protectorat, fumez du kif, et n'achetez plus de cigarettes. »

Evidemment, le monopole des cigarettes était tenu par les français. Pour protectorat, on disait « Isti'mar », le colonisateur.

Le voisin suivant était un artisan. Grand fumeur de kif s'il en fut. Ce pauvre homme a été atteint de tuberculose. Non soigné, n'ayant jamais abandonné son kif, il eut une fin épouvantable.

Notre voisin de droite était un soldat de l'armée française, un spahi (nous disions « sbaïssi »). Il venait à cheval, un cheval blanc.

Il était une fois à Marrakech

Tunique verte, saroual rouge grenat, un sabre à la poignée dorée accroché à la ceinture, brodequins brillants guêtrés de blanc, il portait par-dessus un burnous intérieur blanc extérieur bleu-roi, qu'il rabattait sur ses épaules, découvrant ainsi les multiples décorations qui ornaient sa poitrine. Quelle fière allure ! Il attachait les rênes de son cheval près de sa porte ; on ne le revoyait qu'une ou deux heures plus tard. Bien entendu, nous avions suspendu nos jeux, et nous étions au spectacle. En sortant, il se mettait en selle, restait sans bouger, nous regardait comme s'il nous passait en revue, puis nous le voyions repartir au pas, comme il était venu.

On arrive à El-Kasbah par la porte Bab-Ag'naou qui voisine Bab-Errob, d'histoire plus récente. Bab-Ag'naou est la plus vieille porte de la ville. De là part une rue sur cinquante mètres environ qui aboutit à la mosquée, devant laquelle s'étale une large esplanade. De l'esplanade, Botwil prend à droite, et s'en va tout droit sur mille mètres pour aboutir aux remparts du palais royal. Ce palais, immense, était devancé de trois cours, très vastes, communiquant entre elles par de larges portes, chacune entourée de hauts murs crénelés, et dont la principale nous avait servi longtemps de terrain de football. On l'appelait El-Mechouar (cour des pas perdus, ou cour de promenade). C'était un terrain sec, caillouteux, ce qui conditionnait notre pratique de ce sport qu'est le football. L'entrée du palais est au fond à gauche, et du côté opposé se trouve le minbar du roi. C'était de cette position surélevée, une construction interrompant les remparts, un cube parfait dont le toit est recouvert de tuiles vertes brillantes, que le roi, à l'occasion, prononçait ses discours au peuple. Deux écoles publiques, école des garçons et école des filles, se trouvent à droite, de l'autre côté des remparts. A l'Est de cette cour s'étale une très grande place, ouverte sur la plaine, qu'on appelait Lamsalla. C'est là où le roi, quand il était présent à Marrakech le jour de l'Aïd El-Kbir, venait très tôt le matin pour recevoir le renouvellement d'allégeance de toutes les tribus du Maroc. Chaque tribu envoyait une délégation. Cette cérémonie durait jusqu'au milieu de la matinée. Ensuite le roi procédait au sacrifice du mouton. Prières dites, on tirait à blanc le canon.

A compter de cet instant, tous les marocains commençaient le sacrifice, soit en égorgeant personnellement le mouton, comme le fit mon père une fois mais n'y revint plus jamais,

Il était une fois à Marrakech

soit en déléguant cette opération sanguinaire à un boucher, la loi et la tradition l'autorisant. Ce jour-là deux obligations indissociables étaient remplies. Une obligation religieuse, la commémoration du sacrifice du prophète Abraham, et une obligation politique, le renouvellement du pacte liant le roi au peuple. Les généraux de la quatrième République française, qui gouvernaient le Maroc, ignoraient-ils cet aspect, ou bien en étaient-ils trop bien avertis ? J'opte pour la deuxième hypothèse, car en 1953, en exilant le roi aussi loin que Madagascar, signifiant par-là même que leur décision était irrévocable, ils croyaient pouvoir briser ce lien aussi bien politique que sacré. En réalité, l'empêchement du rite religieux physique par le roi, rite qui date de plus de mille ans, n'empêche absolument pas la persistance du rite moral, les marocains continuant de sacrifier comme si le roi n'avait jamais été exilé. Cette décision des généraux français, surprenante, inaugura une période de résistance armée au Maroc, qui dura trois ans, et se termina par le retour triomphal du roi et par l'indépendance du pays. La classe politique de la quatrième République française, engluée dans des luttes intestines, avait laissé les mains libres aux militaires, et ainsi ouvert la voie

Il était une fois à Marrakech

à deux grands bouleversements, la guerre d'Indochine et la guerre d'Algérie. Une page du colonialisme français était en train de se tourner. Plus tard, quand j'ai effectué mon service militaire de deux ans dans la jeune armée marocaine, au Moyen Atlas, et quand j'ai vu la réalité du fonctionnement des militaires, j'ai compris une chose : les militaires, tous les militaires, qu'ils soient généraux ou simples sous-officiers, ne peuvent raisonner qu'en terme de conflit. La pensée politique, au sens noble du mot, leur est autant étrangère qu'une soucoupe volante. S'ils règnent, cela ne peut mener qu'au bouleversement, tôt ou tard.

Toutes les rues d'El-Kasbah sont bordées d'échoppes et de boutiques. Les habitations se trouvent à l'intérieur des ruelles, les derbs. Du début de Botwil, l'hiver par beau temps, on voit se profiler en arrière-plan les cimes de la chaîne de montagnes du Haut-Atlas, coiffées de blanc comme de chapeaux pointus. Au bout du mur smaïli qui isole notre ruelle des Tombeaux Saadiens, se dresse un vestige de mur étroit, haut de quelques dix mètres, comme une colonne, au sommet duquel deux cigognes ont construit leur large nid et élu domicile. Corps blanc, ailes noires

Il était une fois à Marrakech

et blanches, long bec rouge, et longues pattes pâles, ces oiseaux, que nous appelions « Sidi Bellarj », étaient considérés avec quelque chose de sacré en eux. Le claquement de leur bec, alterné ou accompagné de l'appel à la prière du muézin ténor, rythmaient les journées paisibles d'El-Kasbah. Ils passaient une partie de l'hiver en notre compagnie avant de repartir dieu sait où. En dépassant les cigognes, on trouve sur la droite de Botwil d'abord l'échoppe de H'mad l'Hraïri, marchand de soupe, plus exactement de harira, la fameuse soupe marocaine. Le suivant est le marchand de beignets, les « sfenjes ». Les deux étaient ouverts dès l'aube, et prêts à servir les clients. Beaucoup d'ouvriers, sur le chemin de leur travail, y faisaient halte. D'abord le marchand de beignets, ensuite la harira. Ils mangeaient leurs sfenjes et avalaient leur bol de soupe, avant de repartir, à vélo ou à pieds. Deux dizaines d'années plus tard, quand j'étais stagiaire d'une aciérie à Albi, je voyais les ouvriers faire une halte, tôt le matin, à l'auberge où j'avais pris pension ; commander un large bol où vin rouge et vin blanc étaient mélangés, plus un œuf frais, et avaler le tout avant de repartir vers les hauts-fourneaux. Autres temps et autres lieux, autres mœurs.

Il était une fois à Marrakech

Tout de suite après, il y avait l'atelier du « cycliste ». C'était ainsi qu'on appelait ce réparateur de cycles. Durant les évènements qui accompagnèrent la déclaration d'indépendance du Maroc, en 1956, cet homme fut victime d'une vengeance autant absurde qu'effroyable, comme on le verra. Plus loin, on trouve l'atelier du tailleur. Notre tailleur ne cousait que des sarouals, des jallabas, des caftans, et des « dfinas », sorte de tulle translucide qui vient parfois par-dessus le caftan. Assis au fond de l'atelier, à même le tapis, il coud des fils que lui tient des deux mains, debout, un adolescent ; fils longs de trois mètres, entrecroisés par les doigts agiles de l'enfant, et à chaque croisement, le maître tailleur applique une couture. L'ensemble formerait un métier à tisser horizontal et vivant. Le résultat fait de ces articles des produits très solides, et beaux. Les boutiques et les échoppes se succédaient ainsi dans leur variété, des deux côtés le long de Botwil, avec par moment des espaces vides, des terrains vagues, qui donnaient à cette succession comme une respiration.

A gauche de notre derb, en sortant, se trouvait Koussibt-Enn-Hass. C'était le marché d'El-Kasbah où les échoppes, fruits et légumes, bouchers, tripiers, quincaillers et autres marchands ou artisans se côtoyaient sur cinquante mètres. Cette ruelle, d'abord en ligne droite, se continuait en dédalles qui menaient à un autre quartier, Riad Zitoune Lakdim. Là, on trouvait d'abord les artisans récupérateurs de pneus usagés. Cette profession était détenue en majorité par des juifs, qui avaient imaginé, dès l'apparition des pneus, l'art de convertir ce caoutchouc perdu en différents articles d'une solidité incroyable : des sandales, des récipients, différents articles pour l'agriculture, surtout pour l'irrigation. C'était une activité florissante.

Non loin, on arrive au mellah, le quartier juif. Quartier entouré de murailles, avec une seule porte qui donnait vers les récupérateurs de pneus. La nuit, la porte était fermée. Juifs et musulmans étaient liés, soit par le commerce, soit autrement. On vivait ensemble, en paix, mais séparément, situation qui durait depuis des siècles. Mais l'exode ne tarda pas, dès le début des années 1960, à pousser les juifs à partir pour Israël. Au début c'était un mouvement à peine perceptible, mais dès la guerre de 1967, entre Israël et l'Egypte, se fut la ruée. A tel point que le roi Hassan II, jeune successeur de Mohamed V, promulgua un dahir qui interdisait aux juifs marocains partis pour Israël de revenir au Maroc. Il ne tarda pas à réformer cette décision, en promulguant un autre dahir, annulant le premier, et précisant que les juifs marocains étaient d'abord et avant tout des marocains, rejoignant en cela le refus que son père avait opposé à l'ultimatum du gouvernement de Vichy lors de la deuxième guerre mondiale ; que de ce fait leur pays leur était ouvert quand ils le souhaitaient, et que leurs possessions ne couraient absolument aucun risque.

A côté du mellah, le vaste Dar-Al-Badii, entouré des murs smaïlis indestructibles. A l'origine, un somptueux palais de la dynastie des Saadiens, que Moulay Smaïl, le puissant roi alaouite, contemporain de Louis XIV, transforma au début du 18ème siècle en prison. Les ruines montrent peu de restes du palais Saadien, une merveille selon les historiens, mais beaucoup de cellules de l'ère Smaïli, sans porte, comme le moyen-âge affectionnait. On y descendait les prisonniers par une étroite ouverture dans le toit. Deux ou trois ans après l'indépendance du Maroc, et malgré les évènements sanglants qui ont eu lieu à Marrakech en 1956, le roi Mohamed V autorisa l'instauration d'un festival du folklore marocain à

Il était une fois à Marrakech

Dar-Al-Badii. Peut-être voulait-il racheter, symboliquement, l'injustice de son aïeul ? Toutes les régions du Maroc envoyaient leurs troupes de chanteurs et chanteuses, de danseurs et danseuses. Le festival durait quatre heures, la nuit, pendant un mois. Avec deux de mes amis, on montait sur les toits, et on rejoignait ainsi, en moins de dix minutes, les hauts murs de Dar-Al-Badii. De cette position stratégique nous assistions au festival. Les chants du Souss, des Zayans, du Rif, du Grand-Sud ; le dialogue passionné du chœur des femmes répondant au chœur des hommes d'Ahouach ; la frénésie d'Ahidous ; les sauts impétueux des G'naouas tout de blanc vêtus, au rythme de leurs percussions ; le chant lancinant de la danse à genoux de la Guedra bleue-noire : nous en avions plein les yeux et les oreilles. C'était un spectacle magnifique.

    Mais ce qui nous attirait le plus, nous autres gamins, c'était le Conteur de la Koutoubia. Sur l'esplanade, on l'attendait, après la prière de l'après-midi. Le cercle, d'un diamètre de quatre mètres environ, est parfait. Au premier rang les spectateurs assis, dont quelques enfants. Derrière eux deux rangs de spectateurs debout. Un brouhaha parcourt l'assemblée, survolé parfois par une voix haute, tonitruante, un appel, ou une réplique précédant de gros rires. Certains des enfants assis ont sorti leurs billes, et s'amusent chacun à faire de petits carreaux. D'autres leur toupie, essayant d'y déchiffrer le nombre de « points ». Plus il y en a, moins le joueur est habile. Les adultes parlent, dialectal de Marrakech et Tachelhit du Souss entremêlés, ou négocient, ou marchandent, ou se racontent les dernières nouvelles. Depuis la place Jamaa-L'Fna voisine, on entend les bruits de l'activité frénétique, à peine atténués mais mélangés comme une musique déréglée, dont l'intensité varie au gré du vent capricieux. On attend tous le conteur magnifique.

Enfin il est là. Rares sont ceux qui ont remarqué son arrivée au centre du cercle. Il s'y tient grand, droit, portant la barbe comme une bannière. Il commence par faire la revue de l'auditoire. Au fur et à mesure qu'il tourne sur lui-même, les voix s'apaisent, jusqu'au silence total. Alors, d'une voix profonde, lourde, diction parfaite, il débute par invoquer le Très Haut, tel Homère invoquant les Muses. Son invocation est ponctuée par les amen du public.

Il était une fois à Marrakech

Et soudain, il décide : « Et maintenant, secouez les clés de la réussite. ». Les clés de la réussite sont les mains. Donc : « Applaudissez ». Et tout le monde d'applaudir, un applaudissement court, et cependant éclatant. Court parce qu'on est impatient d'entrer dans le vif du sujet. Et nous voilà de plain-pied dans le monde antique de la chevalerie et de la cavalerie. Les intrigues s'amorcent, les chevaux, tous fougueux et intelligents sont décrits avec un luxe de détails ; les antagonistes sont présentés selon leur rôle ultérieur dans l'action ; superbes ou vilains, héroïques ou lâches, rusés ou fous ou les deux à la fois. Puis les premiers duels, les premières rencontres d'un amour qui se veut platonique, la beauté des femmes, de leurs yeux, de leur allure. La jalousie pour le pouvoir et l'envie pour les femmes s'installent, à moins que ce ne soit l'inverse. Il n'en faut pas plus pour arriver au milieu de l'histoire. Là le conteur s'arrête. Il passe une main immense sur sa barbe, et donne le signal : « Et maintenant, secouez les clés de la réussite. » C'est à cet instant précis que l'un des enfants se lève, prend la sébile négligemment posée aux pieds du grand homme, et la fait circuler. Elle ne tarde pas à être assez bien remplie de pièces de monnaies, de petites pièces.

Il était une fois à Marrakech

Le bon peuple est généreux, mais il se trouve aussi qu'il est pauvre. Pendant ce temps, le conteur invoque de nouveau Dieu l'Eternel et ses prophètes. Avec la ponctuation amen du public. Une fois la sébile revenue à sa place, on secoue de nouveau les clés de la réussite. Et voilà les grandes batailles rangées ; la charge des cavaliers, dans un énorme nuage de poussière soulevé par les chevaux au galop. Les épées et les sabres surgissent comme la foudre ; des têtes tombent, des hommes hurlent de douleur, d'autres pleurent en demandant pitié, les lâches s'enfuient, les héros se sacrifient. Et dans tout ça, l'admirable conteur, emporté par son propre récit, se saisit de son bâton comme d'un glaive, le fait tournoyer au-dessus de sa tête ; et nous, au premier rang, nous baissons la tête, nous esquivons les coups terribles, dans un réflexe de survie. Le récit s'interrompt à un moment crucial de l'intrigue principale, créant ainsi le suspens brûlant qui fera tout le monde revenir. Et quand les dernières invocations, celles du remerciement, se font entendre, le cercle reste entier. La sébile refait un tour. Et ce n'est qu'à l'annonce de la dernière phrase : « Et maintenant, secouez les clés de la réussite. » que tout le monde applaudit, longuement cette fois-ci. Le Conteur

Il était une fois à Marrakech

magique ramasse sa sébile, son bâton, son baluchon, et prend la route, à pied, vers d'autres horizons. Et nous, nous rentrons chez nous les yeux brillants.

Chapitre II

Notre maison, à El-Kasbah, s'adossait au Mausolée des Saadiens qui fait, jusqu'à présent, la curiosité des très nombreux touristes de Marrakech, sans que le voisinage de ce haut lieu de la riche dynastie d'antan, la demeure de plusieurs morts qui remontent à des siècles, nous inspirât un quelconque sentiment négatif, bien au contraire, un sentiment de fierté, flattés que nous étions, en somme, de voisiner des rois, même morts. Deux chambres au rez-de-chaussée, dont une grande, que nous appelions le « salon », et une petite. A l'étage une grande chambre, à côté de laquelle un préau. Mes parents, et moi encore gamin de quatre ans, y logions ; au rez-de-chaussée, dans la petite chambre, ma grand-mère et mes deux sœurs aînées.

L'hiver, le soir, quand la douce pluie chantait dehors, comme pour nous rassurer, je jouais aux billes sur la zarbia, grand tapis berbère qui couvrait le sol et dont les dessins comprenaient de nombreux triangles aux couleurs bariolées, qui me servaient de « carrés ». Dans le coin opposé au lit de mes parents, et à côté du mien, trônait un énorme et vénérable poste radio de marque « Blau

Il était une fois à Marrakech

Punkt ». Mon père s'asseyait à côté pour écouter. Souvent de la musique, et aussi des voix qui disaient des mots incompréhensibles. J'imaginais que des musiciens, très très petits y étaient cachés. Et le bonhomme qui parlait était aussi très petit, minuscule. Mais je n'y prêtais qu'une attention secondaire. Mon souci était l'entraînement au lancer de billes. Il me fallait réussir des « carreaux ». Vient le moment de se mettre au lit. Ma mère me bordait, me caressait la joue, et puis dodo. Seul sous la couverture, je me disais « Et si je ne suis pas moi ? Et pourquoi suis-je moi ? ». Le temps de le penser, je sombrais déjà dans les rêves. Je ne le savais pas encore, mais le « Pourquoi suis-je moi ? » allait me hanter longtemps. Je vois bien maintenant que ce genre de question se pose à tout le monde. Mais là, il me semblait être le seul.

Un soir, dès que mon père alluma la radio, on entendit un grésillement, puis de la fumée commença à s'élever au-dessus du poste, comme un trait vertical qui finissait en volutes dansantes. La radio était hors-service. Le sujet de conversation de la famille ne tourna plus qu'autour du poste perdu. Ma mère décida : nous devions acheter un autre poste radio. A Marrakech, il y avait des marchands de radios. Mais ma mère

22

Il était une fois à Marrakech

estimait que leur prix était beaucoup trop élevé. On prit donc l'autocar pour Casablanca, où les prix, d'après ma mère, qui s'était scrupuleusement renseignée, étaient très bas, en tout cas de loin moins chers que ces gourmands vendeurs locaux. En ce temps, le voyage par autocar était d'un prix dérisoire, bien moindre que le prix par train. Nous voilà donc partis pour cette expédition, deux cent vingt kilomètres. C'était la première fois que je voyais Casablanca. Enfin on trouva le magasin le plus intéressant. Tenu par un hindou. Le marchandage de ma mère dura au minimum une heure. Bien plus tard, des dizaines d'années plus tard, je sus par ma sœur la plus aînée que l'objet principal du voyage était tout autre. Enfin, nous eûmes notre nouveau poste radio. Nettement plus petit que le défunt Blau Punkt, mais très moderne. Nous retournâmes à Marrakech le jour même, mon père portant le précieux objet comme s'il s'agissait d'un trésor.

Mon champ de bataille était la cour de notre impasse, devant la maison. Notre jeu préféré avec mes copains du quartier était les billes. Deux façons. Le « carré », en fait un triangle tracé sommairement sur le sol poussiéreux, et plus loin, à dix pas, un trait vaguement horizontal de lancer.

Il était une fois à Marrakech

On risquait une ou deux billes, en tout cas le même nombre pour chacun, et une fois le triangle complet, on commençait le lancer. Tirage au sort pour le tour. Bien entendu, il y avait des contestations et des palabres tout le temps. Mais on arrivait toujours à trouver un modus-vivendi, sans que cela n'empêchât la préparation de la partie de durer plus longtemps que la partie elle-même. Le but du lanceur est de propulser les billes hors du triangle. Toute bille ainsi touchée est gagnée par le lanceur. Ensuite « Kourekcha ». Une mise, une ou deux billes généralement. Le but du jeu était de deviner combien, pair ou impair, le « kroukcheur » avait de billes dans sa main tendue, le poing fermé, que le parieur n'avait pas le droit de tâter ; et s'il devinait juste, il gagnait la mise. J'avais atteint un niveau respectable à ce jeu, ce qui me fournissait le gros de mon stock de billes, que je perdais régulièrement au jeu du « carré ». On peut dire que sur une assez longue période, nos jeux de billes étaient, entre nous tous, à somme nulle, ou presque. Et puis il y avait le jeu de toupie, que nous appelions « trombiya », mot dont je ne vois absolument aucune origine, mais redoutable jeu, où le gagnant ne gagnait rien, sauf le plaisir sadique de marquer, de la pointe de sa propre toupie, la belle toupie du perdant. Le rite est une torture pour le perdant, puisqu'il doit abandonner sa toupie entre les mains du gagnant, qui a tout loisir de la placer là où il veut pour y appliquer le coup fatal. Et puis il y avait le cerceau. Que nous appelions « cercous », déformation de « circus ». On faisait du latin sans le savoir.

Quelques années plus tard, nous avions dépassé la cour de notre impasse, et notre horizon s'était élargi à tout le quartier d'El-Kasbah. On jouait alors à « dinivry », déformation de « délivré ». Deux équipes, de cinq à dix chacune. Elles partaient de deux points opposés du quartier. On se recherchait, et celui qui touche, ou même frôle l'un de l'équipe adverse le prend comme prisonnier, en criant haut et fort « dinivry !... ». Il fallait courir vite pour ne pas se faire attraper. Les prisonniers n'avaient pas le droit de s'évader. Par contre ils pouvaient être délivrés par leurs coéquipiers libres. Par simple contact. Nouveau cri haut et fort « dinivry ! ». On pratiquait ce jeu surtout les soirs d'été. C'était notre jeu de guerre à nous, où la stratégie la rapidité et la ruse l'emportaient sur tout. Les rumeurs de notre quartier étaient ponctuées de ces cris de victoire :

dinivry, dinivry. Auxquels les adultes ne prêtaient aucune attention.

Un jour, nous venions de terminer une partie de « carré » et je venais juste de mettre mes billes dans ma poche, quand je vis venir mon père accompagné de deux personnes. Quelque chose n'allait pas. Mon père me dit : « Mon fils, tu vas commencer l'école aujourd'hui. » L'école ? Qu'est-ce que c'est que ça ? D'instinct je tentai de fuir, mais on me coinça rapidement au fond de la ruelle. Et je fus emmené à une autre ruelle, distante de cinquante mètres. Là se trouvait l'école. C'était une école Coranique. En fait une mansarde. Murs décrépits, où des taches grises ou beiges se conjuguaient. D'un côté trônait le maître, assis sur une espèce de gros sac de couleur anonyme. En face de lui les élèves, de mon âge, parfois le crâne rasé. Assis, les jambes croisées, à même le sol couvert d'une vieille natte. Trouée par moment, laissant ainsi voir la poussière de la terre. Le maître était gros, gras, et bedonnant. La première partie de la matinée consistait à apprendre oralement l'alphabet. Le maître prononçait, et nous, nous répétions. Alif, Alif, Ba, Ba, Ta, Ta, Ata, Ata, Gim, Gim

La voix du maître était claire au début, et notre ânonnement, qui ressemblait à un gros murmure, lui répondait. Puis la voix se faisait petit à petit plus floue. Le maître somnolait. Il fallait surtout que nous continuions, car le silence réveille. Et on n'était pas à l'abri de recevoir un coup piquant sur la tête. Du long et fin roseau du maître qu'il tenait entre ses doigts boudinés et qu'il distribuait à tout bout de champs. La deuxième partie de la matinée était consacrée à l'écriture. On me confia une tablette en bois. A sa patine, on voit qu'elle avait servi longtemps. Il fallait d'abord l'enduire de calcaire fin, « sansal », laisser sécher au soleil. Ensuite le maître trace les lettres avec son kalam sec, sans encre. L'élève doit suivre ce tracé avec son kalam à la pointe enduite d'encre, une encre noire et épaisse, « smekh », plus épaisse que l'encre de chine. Chaque élève disposait aussi d'un segment de bois solide et très dur, de douze centimètres, qu'il appliquait sur la tablette en apprenant par cœur. On l'appelait « moukrak ». Ou répétiteur.

L'école coranique, qui appartenait en propre au maître, était financée par les élèves. Chaque mercredi, nous devions apporter au maître son salaire. Un rial chacun, sachant qu'avec vingt rials ma mère faisait les courses pour toute la famille pour deux jours. On appelait ce salaire « Larb'ia », ou mercredienne. Mon passage à l'école coranique fut cependant bref. Deux mois après ces débuts peu glorieux, on m'annonça que cette école est finie, que je n'y retournerai plus. Par contre, dès la rentrée suivante, on me destinait à l'école publique. J'appris plus tard que je devais mon salut provisoire à ma grand-mère. « Il aura bientôt l'âge d'aller à l'école publique. » aurait-elle dit à mon père.

Notre école coranique était une école pauvre, pour des pauvres. Matériellement, elle laissait beaucoup à désirer. Mais le système de l'alternance oral-écrit, vieux de centaines d'années, était le mieux adapté, le plus efficace. Je ne suis pas arrivé, dans cette école, jusqu'à l'apprentissage intensif du Coran, qui comportait ses propres règles et rites. Une fois que l'élève maîtrise son alifbata, tant à l'oral qu'à l'écrit, il passe au stade des premières sourates. Là, le moukrak devient indispensable. L'apprentissage par cœur est comminatoire, et aucune erreur n'est admise. Après une série de sourates courtes, il entreprend le premier quart. Un quart du Livre Saint. Sa récitation est examinée dès qu'il dit qu'il est prêt.

Il était une fois à Marrakech

Et s'il réussit, aucune erreur ou approximation n'étant admise, il passe au deuxième quart. On disait qu'il « a sorti le quart ». Au deuxième, il doit réciter les deux premiers quarts. Chaque « sortie » était solennellement fêtée. Et ainsi de suite jusqu'à obtenir la connaissance complète du Coran. Cela demande des années, et rares sont ceux qui réussissent jusqu'au bout.

Le rôle social de l'école coranique est indéniable, et son importance dans la littérature arabe classique est capitale. Très nombreux sont les écrivains célèbres, les savants, les théologiens, les poètes qui sont passés par cette étape. Taha Houssein, Al-Mounfaloti, Al-Akkad, pour ne citer que quelques-uns des grands auteurs modernes. Sans parler des grands penseurs du siècle d'or arabo-musulman, notamment en Andalousie. Avéroès, Avicenne, Ibn-Bajja, Ibn-Arabi et tant d'autres. Sans parler non plus des immenses poètes arabo-islamiques, dont al-Moutanabi et Al-Bouhtouri. Tous sont passés par l'apprentissage par cœur du Livre Saint. Oum-Kalthoum, avant de devenir la diva connue du monde entier, était une grande récitante du Coran. Car la langue arabe classique, langue du Livre, est une langue riche et lumineuse, souple et précise.

Quant à moi, il me reste de ce rapide passage par l'école coranique le souvenir d'une découverte. J'avais appris que les mots que nous disions pouvaient être transformés en signes. Translation miraculeuse. Et des signes qui demeurent tant qu'on ne les a pas détruits. L'écriture est ainsi la pérennité des paroles, lesquelles disparaissent dès qu'elles franchissent « la barrière de nos dents ».

Ecrire n'est pas facile. Mais d'abord, pourquoi écrire ? Cette question a hanté nombre d'écrivains. Si on cherche bien, on trouvera de nombreux ouvrages consacrés à ce sujet. Ma question est mal posée en réalité. La vraie question est : pourquoi, moi, j'écris ? Est-ce pour l'appât du gain ? Non, aucune chance. Ce n'est pas à mon âge, et doué pour la plume comme une enclume, que je pourrais tenter ce genre d'aventure. Car il me semble qu'écrire est toujours une aventure. On ne sait jamais à l'avance, et je ne suis pas le seul à le dire, où cela peut bien vous mener. Est-ce pour le plaisir ? Peut-être. Avant le plaisir, il faut lutter contre les mots, essayer continuellement de les dompter, tels des chevaux fougueux, pour s'en faire, si on y réussit, des amis. Car les mots sont souvent déroutants, trompeurs, traitres, ou rebelles. Ils vous laissent imaginer la satisfaction de les avoir trouvés, mais en réalité, ils vous ont tendu un piège. Et cette lutte exige beaucoup d'énergie. C'est fatigant.

Certains auteurs disent, et ils sont la majorité, qu'ils écrivent surtout tôt le matin. C'est un moment de la journée où, après une bonne nuit de sommeil, l'énergie est à son maximum. D'autres la nuit, car ils sont plus tranquilles. Les uns comme les autres y mettent toute leur force. Ce qui me rappelle ce qu'avait écrit un peintre célèbre à son frère, dans sa dernière lettre, à propos de son œuvre : « Eh bien, mon travail à moi j'y risque ma vie et ma raison a sombré à moitié ... ». On me dira qu'il s'agit là de peinture. Mais les couleurs de l'artiste peintre sont les mots de l'écrivain. La difficulté est la même, et l'acte de création artistique ou littéraire, d'un côté comme de l'autre, épuise le créateur.

Est-ce un besoin ? On peut l'imaginer aisément. Comme une main qui vous force à sortir ce que votre cerveau a échafaudé la nuit dernière, ou depuis des années. C'est irrésistible. On est tenté d'écrire alors, tout en ne sachant pas pourquoi.

Il était une fois à Marrakech

Chapitre III

1953. J'avais sept ans. La vie continuait au derb G, avec les mêmes jeux, les billes, trombiya, cercous, dinivry ; rien ne changeait dans nos habitudes. Le vendeur de kif était toujours en activité ; quelques fois des bouchons de champagne traînaient dans un coin de l'impasse ; notre voisin spahi sur son cheval blanc, décoré comme un arbre de noël, arrivait toujours à l'improviste ; Botwil s'activait dès potron-minet ; et la paix régnait.

Je savais qu'en septembre, j'avais droit à l'école publique, mais ça ne me tourmentait pas, les jeux étaient les plus forts. Déjà, nous avions commencé nos incursions hors de notre chère El-Kasbah, vers la rue de l'Etat-Major, que nous appelions « Tamajorte », siège des plus grands magasins de la médina, et surtout du cinéma « Mabrouka » ; plus loin, la formidable place Jamaa-L'Fna. Où nos spectacles favoris étaient les dynamiques et sautillants G'naoua, les acrobates des Ouled Sidi-H'mad-ou-Mouss qui s'essayaient tant bien que mal à élever une haute pyramide humaine, les audacieux et enturbannés charmeurs de serpents, les musiciens « classiques »,

classiques parce qu'ils étaient en veston européen et chantaient des chansons marocaines avec comme seuls instruments le 'oud et la darbouka ; et surtout, après la prière de l'après-midi, le conteur qui, à lui seul, valait bien le cinéma Mabrouka, avec l'avantage d'être gratuit sauf si on veut bien lui laisser une petite pièce.

Parfois, on voyait et on entendait passer le « Dibouni », de sa démarche déséquilibrée, qui faisait le trajet depuis El-Méchouar, tout le long de Botwil, jusqu'au quartier voisin, Sidi-Mimoun, lequel prenait juste après la porte Bab-Ag'naou. Dibouni était noir, très grand, boiteux, borgne, mais avec une voix de stentor, et probablement légèrement autiste. Pourquoi l'appelait-on Dibouni ? Je n'ai jamais su, mais j'imagine que ce sont ses employeurs, les officiers de la police française du bureau A'arabe qui ont dû l'affubler de ce surnom, à moins que ce ne soit les Marrakchis eux-mêmes.

Le bureau A'arabe était un service de la police du protectorat, qui l'avait intitulé ainsi, le nom étant une berbérisation du mot « Arabe ». Ce service agissait comme un service de police politique. Les chefs étaient français, et commandaient une troupe de soldats auxiliaires, des marocains, que nous surnommions « mrda », ce qui veut tout dire. Dibouni leur servait de porte-voix, de crieur public. Tout le monde le respectait à cause de son apparente déficience mentale. Le long de son chemin, depuis le palais d'El-Méchouar jusqu'à Sidi-Mimoun, il criait les mêmes phrases :

« Ecoutez, Créatures de Dieu. Le pacha L'Glaoui vous dit d'accueillir le général Untel qui arrivera demain à Marrakech. Vous devez l'accueillir avec les jrid et les alamate ».

Les « jrid » sont les branches de palmier. Une « alama » est une longue croix, deux mètres, habillée d'un caftan badaoui et coiffée d'un turban ou d'un foulard, le tout éclatant de couleurs vives, contrastant violemment avec le vert cru des branches de palmier.

Le lendemain, la foule se pressait à partir de quelques centaines de mètres avant la Koutoubia et jusqu'à Jamaa-L'Fna, hissant bien haut jrid et alamate, le tout accompagné de youyous, de vivats, de tamtam. On peut imaginer le sentiment du général français en question devant un tel spectacle, surtout s'il venait tout droit de sa métropole française. On peut même imaginer ce qu'il pouvait penser :

« Incroyable ! J'ai l'impression de Jérusalem accueillant Ponce Pilate ! »

Un jour du mois d'Août de cette année horrible, on était comme d'habitude à notre carré de billes, quand soudain nous vîmes débouler Tamou dans le derb. Tamou était la femme qui aidait ma mère pour le ménage. Elle criait à tue-tête « Yahia l'malaïka ». On était d'abord surpris. « « Yahia » c'est Vive, et « l'malaïka », c'est Les anges. Tamou criait : « Vive les anges » ! Puis interloqués. Pourquoi les anges ? On vit alors par l'ouverture du derb les gens défiler aux cris de « Yahia l'Malik », Vive le Roi. Dans son excitation, Tamou avait confondu Malik et Malaïka ! Debout devant notre derb, nous vîmes des centaines de personnes défiler au pas de gymnastique, en rangs serrés, brandissant qui une fourche, qui un bâton, qui le poing levé, criant des vivats pour le roi Mohamed V. Yahia l'Malik et Aacha l'Malik et des « Yasqote listi'mar » (A bas le colonialisme). Ces gens venaient nombreux des autres quartiers de Marrakech, ce qui n'empêchait pas certains Kasbaouis de se joindre à eux. Ils se dirigeaient vers la cour du Méchouar, traversant

Botwil tout le long. A un moment donné, les soldats du Glaoui, les glaouas, fermèrent les portes du Méchouar, emprisonnant ainsi des dizaines de manifestants. Puis des « mrda », aidés de soldats français, à partir des créneaux du Méchouar, tirèrent sur la foule. Il y eut beaucoup de morts et de blessés à El-Kasbah ce jour-là. C'était le néfaste 15 août 1953.

La rumeur, qui allait s'avérer réelle, était parvenue à Marrakech la veille. Les généraux français qui gouvernaient le Maroc, au nom du soi-disant protectorat français, allaient déposer Mohamed V pour le remplacer par un vague cousin que personne ne connaissait, Ben Arafa. Le Maroc entier était en ébullition, mais c'était à Marrakech qu'eut lieu la manifestation la plus durement réprimée. La popularité de Mohamed V était, depuis son avènement en 1927, des plus grandes. Tous les marocains s'identifiaient à Mohamed V. Mais les généraux, ne pouvant le faire abdiquer, décidèrent de le déposer puis de l'exiler. C'était un vrai coup d'état.

On ne sut jamais ce qu'il était advenu des morts et des blessés. Le massacre fut passé sous silence et il y eut des arrestations en masse. Les geôles du Glaoui, l'allié inconditionnel des

Il était une fois à Marrakech

« protecteurs », étaient pleines à craquer. Les bastonnades par les féroces glaoua étaient monnaie courante. Les gens d'El-Kasbah étaient sous le choc. Mais, en dépit du risque, une image du roi Mohamed V circulait. Visage de profil, et tête couverte du tarbouche blanc marocain (tarbouche watani). Les nuits de pleine lune, on commença à voir ce visage aimé se profiler sur l'astre nocturne. Tout le monde s'y était mis. Il suffisait de regarder fixement l'image pendant une minute, et on pouvait voir le même visage sur la lune. On était tous convaincus de la réalité de ce phénomène céleste. C'est dire la popularité de Mohamed V. En 1958, deux ans après l'indépendance du Maroc, un jeune français s'était rappelé de cet épisode. Il avait incorporé la même image à des horloges de style rococo, volumineuses, juste sous le cadran doré, et les vendit par dizaines à El-Kasbah. Ma sœur aînée, qui venait de commencer sa carrière comme fonctionnaire, en acheta une, accrochée encore aujourd'hui au mur de son salon ; et la fameuse image n'a pas bougé d'un iota.

Quelques jours après le massacre, peut-être deux ou trois, on vit défiler sur Botwil, en direction d'El-Méchouar, des militaires français qui marchaient au pas cadencé, marche lente, précédés de leur mascotte, un bouc ou une chèvre, on ne sait, et de la musique, trompettes, clairons, tambours, tuba et grosse caisse. Je sus plus tard que c'était un bataillon de la Légion. Après leur passage, des tirailleurs sénégalais prirent position aux endroits stratégiques d'El-Kasbah. Ils étaient dispersés par petits groupes, fusil au poing. En outre, ils avaient installé plusieurs fusils mitrailleurs servis par des soldats en position du tireur couché. Notamment devant la porte principale de la mosquée, sur l'esplanade. Visiblement, c'était une menace directe, et ils étaient prêts à faire feu sur tout le monde. La paisible population d'El-Kasbah n'avait aucune envie de se prêter à ce genre de risque périlleux. On les regardait s'installer avec curiosité, sans plus.

Les tirailleurs sénégalais étaient en majorité, sinon en totalité musulmans, autant que nous l'étions. On vit donc, au moment des prières, des soldats laisser leur arme à la garde d'un permanent, se déchausser, et entrer dans la mosquée pour faire leurs ablutions et leurs prières. Cela ne choquait absolument personne parmi nous ; la mosquée était ouverte à tout le monde. Cette mascarade dura quelques jours, moins d'une semaine, et un beau matin tous les tirailleurs sénégalais avaient disparu.

Après le massacre d'El-Méchouar, une autre plaie, beaucoup plus grave, nous attendait en plein automne de cette même année 1953. Auparavant, et dès le mois de septembre, j'étais devenu, pour la première fois de ma vie, écolier. Mon apprentissage commençait sous de très mauvais auspices.

Je reçu mon premier cartable ; une belle ardoise encadrée de bois clair avec deux morceaux de craie ; deux cahiers avec leur buvard ; et un plumier à deux niveaux, le supérieur devant pivoter pour donner accès à l'inférieur. Il y avait un porte-plume, deux plumes, la fine sergent-major pour les pleins et déliés du français et une plume plus large pour l'arabe, un crayon à mine, et une gomme. Il faudra attendre les années suivantes, si tout va bien, pour avoir droit au compas, au demi-cercle, à la règle et à l'équerre. Pour arriver à l'école, il fallait traverser tout Botwil, éviter le Méchouar par un raccourci, une ruelle qui débouchait exactement devant l'entrée. L'école était vaste, d'un seul niveau, les bâtiments se suivant en formant un L renversé sur le côté. Les classes en horizontale, avec leurs grandes baies vitrées, donnaient toutes sur l'immense cour. La salle des maîtres et le bureau du directeur leur étaient perpendiculaires à droite. Le logement du directeur, avec un petit jardin séparé de la cour par un grillage pas plus haut qu'un mètre, se trouvait à gauche, opposé par la cour à la salle des maîtres. Depuis n'importe quelle classe, à travers les vitres, on pouvait voir se profiler au loin les montagnes du Haut-Atlas.

Ma première aventure scolaire débuta, bien entendu, par la classe du cours préparatoire. Le français le matin, et l'arabe l'après-midi. Nous devions être une trentaine d'élèves dans cette classe. On se connaissait souvent, ce qui rendait le jour de rentrée scolaire moins angoissant. Notre institutrice de français, madame Ch. était une jeune dame qui n'avait pas du tout l'air sévère. Malgré ce que lui disaient certains pères, devant leur enfant afin qu'il entende bien, « Madame l'institutrice, si mon fils devient turbulent ou s'il ne travaille pas bien, vous n'avez qu'à l'égorger, et moi je le dépouillerai de sa peau ! » Mais les enfants, tout fraîchement promus écoliers, savaient déjà que ce n'était qu'une mise en scène ; ils n'y accordaient aucune importance, et, pendant que le père proférait ces paroles qui se voulaient terriblement menaçantes, l'élève regardait en l'air, accordant plus d'intérêt au plafond de la classe ou aux oiseaux qui filaient dans le ciel.

Que ce soit le français ou l'arabe, il fallait commencer par le commencement, c'est-à-dire l'alphabet. Le matin, l'institutrice prononçait les lettres, et nous nous répétions après elle. Seulement, cette fois-ci, il n'était pas question que la maîtresse somnolât. Elle était tout le temps debout, malgré qu'elle ait eu à sa disposition un beau bureau ! Pour l'arabe, c'était exactement la même chose, avec un maître bien plus âgé que notre gentille madame Ch, et surtout à l'air beaucoup moins commode. Je retrouvais donc mon alifbata. Puis nous commençâmes l'écriture. D'abord l'exercice sur l'ardoise, des jours durant, sinon des semaines. La maîtresse traçait avec grande application les lettres sur le grand tableau noir, et nous, nous devions les recopier en épelant chaque lettre. Même technique en arabe. Quand nous fûmes jugés à peu près aptes, nous passâmes à l'écriture sur le cahier. Le nombre de pâtés était incalculable, et les pages trouées aussi, par l'effet pernicieux de la gomme sur l'encre encore fraîche. L'écriture, aussi bien en français qu'en arabe, nous posait, me posait, un très gros problème. Mais nous n'avions qu'une hâte, la cloche qui annonçait la récréation. On sortait nos billes, nos trombiya et le quart d'heure de récréation passait ainsi comme une flèche.

L'année scolaire terminée, je ne connaissais, aussi bien en français qu'en arabe, qu'incomplètement mes deux alphabets, et encore, pas dans le bon ordre. Nos instituteurs étaient français et marocains, en nombre égal. Certains des instituteurs français s'étaient vu mettre à leur disposition, à proximité de l'école, deux riyads par un parent de la famille royale, qui habitait près du Méchouar et qui était propriétaire d'un patrimoine immobilier conséquent. Leurs voisins, chaque vendredi, leur offraient le couscous marrakchi, dans de larges plats en bois, recouverts de cônes tressés aux dessins multicolores.

A cette école, nous vivions dans un monde à part, franchement isolés des turpitudes militaro-politiques qui secouaient et polluaient le pays. Il faut en rendre grâce à notre équipe pédagogique. Je garde de ces femmes et de ces hommes, marocains et français confondus, un souvenir ému, même si le temps, impitoyable Chronos, a effacé tous les visages, ne me laissant que quelques trop rares noms.

  Chaque jour, en revenant de l'école, ayant peu louvoyé en chemin, je déposais mon cartable dans un coin du "salon", je ne le reprendrai que le lendemain, sans l'avoir ouvert une seule fois, retrouvais ma grand-mère qui m'avait mis de côté un bon morceau de pain de la maison, un bon verre de thé vert, froid et sucré, et me jetais sur mon régal quotidien. Ah, le goût de ce bon pain et de ce thé vert froid et sucré ! Ensuite direction le carré, kourekcha et trombiya. En octobre, les choses se gâtèrent, non pas pour moi seulement, mais pour tout le monde. Ce jour-là, pendant la récréation, nous vîmes apparaître quelques criquets pèlerins. Nous nous en amusâmes, sadiquement je suppose. Puis des sauterelles arrivèrent en un premier nuage, qui se développa avec une telle rapidité que lorsque nous fûmes revenus en classe, on les entendait heurter les vitres, tac-tac-tac, comme les grosses gouttes d'une averse de pluie. Bientôt le nuage s'intensifia. Il y avait des sauterelles partout, elles s'agglutinaient sur tout ce qui leur était mangeable, les arbres de la cour, le jardin potager de Monsieur le Directeur. Dans le ciel, qui en était obscurci, on pouvait voir trois étages superposés de nuages de sauterelles, hauts, très hauts. Les pauvres végétaux du potager, et les feuilles des arbres de la cour, disparaissaient à vue d'œil. Terrible invasion que celle des sauterelles, qualifiée de fléau de Dieu par le prophète Moïse lui-même. Mais le pragmatisme des Marrakchis n'avait pas de limite. Le jour même, on vit de nouveaux marchands ambulants parcourir les rues, les vendeurs de sauterelles, soit bouillies, soit grillées, au choix. Quand on y pense, les sauterelles dévoraient le pays, et nous, nous dévorions les sauterelles. Bien sûr, c'était une catastrophe pour l'agriculture de la région, et nous devions en payer le prix plus tard.

Chapitre IV

Mon père est né à Doukkala, tribu des Ouled Frej. Doukkala, avec Abda et Chaouia, forment les principales plaines océaniques du Maroc. Les deux autres plaines importantes sont celle du Gharb, au nord et celle du Souss au sud. Une vue globale du pays montre le Maroc atlantique comme une immense plaine cernée au nord par la chaine de montagnes du Rif, à l'est par le Moyen et le Haut Atlas, au sud par l'Anti-Atlas, et à l'ouest par l'océan Atlantique, Bahr Addolomate (Mer des Ténèbres) comme l'appelaient les arabes anciens. Cette configuration géographique a permis au Maroc de résister aux invasions militaires du XIIème au XIXème siècle, même si les différents envahisseurs, depuis les Carthaginois en passant par les Romains, les Vandales, les Wisigoths, et enfin les Arabes s'étaient succédés depuis l'antiquité jusqu'au IXème siècle. La population d'origine dans les plaines océaniques est berbère. Cependant, au XIème et XIIème siècles, les pouvoirs d'abord Almoravide et surtout Almohade, faisant face aux rebellions de ces farouches tribus berbères de Doukkala, Abda, et Chaouia, et pour en venir à

Il était une fois à Marrakech

bout, encouragèrent l'invasion migratoire des Hilaliens, prolifiques tribus arabes issues de la péninsule arabique. Les plaines océaniques furent ainsi arabisées.

La terre de Doukkala est une terre généreuse, bénéficiant de pluies plus fréquentes qu'ailleurs, quoique soumise périodiquement à la sécheresse. Il fallut attendre les années 1960-70, sous le règne du roi Hassan II, pour voir construits de nombreux barrages, ce qui atténua l'effet de cette sécheresse récurrente. Les Ouled Frej constituent l'une des principales tribus de Doukkala, au Sud-Est d'El-Jadida. Leur marché hebdomadaire est le Had Ouled Frej (le dimanche des Ouled Frej). C'est un point de ralliement important dans la région. En juillet 1954, mon père m'emmena avec lui pour rendre visite à sa famille ; bien entendu, c'était un dimanche. Nous partîmes très tôt le matin par l'autocar, unique moyen de transport, hormis les deux lignes de chemin de fer, de Casablanca à Marrakech, et de Tanger à Oujda, en passant par Fès. D'ailleurs, on appelait ce second train, et par extension tous les trains, des « Tangifas ». La route de Marrakech à El-Jadida était relativement correcte. Ce n'était que de la plaine, sans aucune difficulté. Le chauffeur avait un adjoint, qu'on appelait « grissoune » (graisseur). En fait c'était un homme à tout faire, encaisser l'argent des voyageurs qui montent aux fréquents arrêts, décharger les bagages, jamais de valises mais des ballots, des balluchons, ou des animaux genre volaille, moutons, chèvres. Il était incessamment grimpé sur le toit de l'autocar, et aussi souvent, on le voyait en descendre, ouvrir la porte arrière avec dextérité, et pénétrer dans l'habitacle, même quand l'autocar roulait. A El-Jadida, où nous arrivâmes vers dix heures, on prit un second autocar pour Had Ouled Frej. Le trajet, assez court, environ une heure, était un peu plus difficile, du fait de quelques collines et d'un oued à traverser. Dès que l'autocar s'engageait sur le pont, les voyageurs, d'une seule voix, criaient plusieurs fois « Dieu te bénisse, ô Prophète de Dieu ! ». C'était une prière collective pour le salut, car on avait peur de tout ce qui était métallique, surtout les voitures et les autocars. On avait coutume de dire « Le fer est dangereux » (lahdid oua'er). Enfin on arrive au souk El-Had. De là il fallait marcher une heure ou deux, je n'en suis plus sûr, pour rejoindre le hameau de notre famille. Une piste on ne peut plus poussiéreuse, de cette belle terre « tirse » caractéristique de la région.

Seuls habitaient au hameau mes deux oncles, Ahmed et Omar, avec femmes et enfants, et Yamna, la mère. Ils cultivaient de l'orge, du blé, des légumes, et jouissaient d'un beau verger, grenadiers, figuiers, orangers, amandiers. Pour délimiter les parcelles, et la piste, des cactus étaient plantés, qui donnent en août les fameuses figues de barbarie, que les marocains appellent « karmouss ensara » (figues des chrétiens). C'était la seule fois où j'ai vu ma grand-mère biologique, Yamna, et je ne garde absolument aucun souvenir de son visage. Par contre, je me souviens très bien de mes deux oncles. Peut-être parce qu'ils me faisaient monter le chameau, gymnastique qui me faisait éclater de rire, après une première peur monumentale.

La vie du paysan doukkali était simple mais très dure. Tout dépendait de l'eau. S'il pleut, le paysan est heureux. Si la sécheresse frappe, c'est le malheur du paysan. C'est ce qui expliquerait qu'à la naissance de mon père et de son frère AbdSlam, Yamna préféra les confier, pour les élever, à l'un de ses proches parents qui avait l'avantage d'une belle situation à cette grande ville qu'était déjà

Il était une fois à Marrakech

Rabat. C'était le début de notre urbanisation. Mon père a été élevé par ma grand-mère d'adoption, une femme exceptionnelle. A l'âge de douze ans, il avait réussi au certificat d'études primaires de l'école publique, en 1927. Il fut aussitôt engagé au service des télégraphes, comme grouillot, à Marrakech. Il portait les télégrammes à leur destinataire. Puis il devint télégraphiste. Les télégrammes étaient transmis par le système morse, points et tirets. Il essaya bien de me l'apprendre, au moment où il pensait que l'école publique m'avait enfin permis de découvrir les secrets de l'alphabet. Un point, un tiret. Et selon le nombre de points et de tirets, selon aussi leur disposition les uns par rapport aux autres, on obtenait des lettres, puis des mots. Malheureusement, il avait surestimé mes capacités intellectuelles, et tout ce que j'ai pu retenir, c'était d'écrire mes initiales en morse.

Parmi les avantages des employés des PTT, comme l'on appelait cette administration, figurait un voyage à l'étranger, tous frais payés. C'est ainsi que mon père visita la Tunisie, qui était autant que le Maroc protectorat français. Il en fût enthousiasmé, et en 1952, quand on institua la formalité de l'état civil, il choisît comme nom de

Il était une fois à Marrakech

famille celui de la ville tunisienne qu'il avait aimé le plus. Car jusque-là, les personnes étaient identifiées par le prénom de leur ascendance masculine. Untel fils d'untel fils d'untel, aussi loin qu'on pouvait. Le nom de famille était, administrativement, une innovation majeure.

C'est en été 1955 qu'eut lieu notre voyage, en famille, à Tanger. Et quel voyage ! Tanger était zone internationale, mais pour y arriver, il nous fallait traverser la zone du protectorat espagnol au Maroc, de Larache jusqu'à la limite de Tanger. Nous étions donc obligés d'avoir des passeports. J'en ai retrouvé un récemment. Estampillé « Royaume Chérifien ». C'était l'attribut international du Maroc. Ainsi, pour voyager dans notre propre pays, puisqu'il était internationalement reconnu comme « Royaume Chérifien », il nous fallait des passeports ! C'était l'une des moindres curiosités que nous vivions. A part ma grand-mère paternelle, restée à Marrakech, toute la famille était du voyage. Ma grand-mère maternelle, ma mère, mon père, mes deux sœurs ainées, mon frère cadet Ramzi, qui allait sur ses trois ans, et moi. Nos bagages étaient nombreux, car il fallait tout prévoir, le couchage, les repas, les ustensiles, les habits, et que sais-je encore. Un véritable déménagement. On prit le train pour Casablanca d'abord. De là un deuxième train en direction d'Oujda. Arrêt de correspondance à Sidi-Kacem, appelé en ce temps « Petit-Jean ». Là nous attendîmes le « Tangifas » qui venait d'Oujda, direction Tanger.

A l'approche de la zone frontalière de Larache, on était tous dans le compartiment de deuxième classe, à somnoler sûrement, lorsqu'un homme entra précipitamment, et sans crier gare, jeta un sac en jute sous le siège de mon père, qui était le plus proche du couloir, et disparut. On n'avait rien compris, et heureusement, on n'eut pas le temps de comprendre. La minute d'après, les douaniers vérifièrent nos passeports, et nous déclarèrent autorisés à continuer le voyage. Personne parmi nous n'osa poser de question sur le sac clandestin. Quelque temps après, le même homme revint, récupéra son sac, nous jeta un regard indifférent, ni merci ni sourire, puis disparut.

Souvent mon père m'emmenait avec lui visiter Tanger. A chaque fois c'était une fête. Fête des yeux, de l'ouïe et de l'odorat. Tout était nouveau pour moi. Le grand Socco, le petit Socco, le parler espagnol qui me semblait comme un

Il était une fois à Marrakech

roulement de galets sous les vagues de la plage, extrêmement rapide, totalement incompréhensible, le costume des femmes rifaines, avec leur cape aux rayures rouge et blanc, leur tarazala (sombrero) orné de pompons de toutes les couleurs, l'odeur des churros fraîchement frits, les grands étalages de beaux fruits. Et les voitures automobiles. Beaucoup plus nombreuses que chez nous à Marrakech. Sur le chemin du retour, mon père en profitait pour quelques courses.

A deux ou trois reprises, j'avais accompagné ma mère. Elle s'était mise à s'habiller à l'européenne, ce qui me faisait un drôle d'effet, moi qui, auparavant, ne l'avais jamais vue en public habillée autrement que de sa jallaba, avec le capuchon élégamment plié sur la tête, et son voile lui couvrant les trois quarts du visage. Elle était très belle, ma mère, et très élégante, d'une élégance naturelle. Nous passâmes une dizaine de jours à Tanger, avant de visiter Tétouan pendant trois jours. Puis retour à Marrakech.

Il était une fois à Marrakech

Chapitre V

La rentrée de septembre 1955 ne différait pas des précédentes. Surtout mes résultats scolaires, toujours aussi médiocres. Et c'est un euphémisme. Mes problèmes d'écriture étaient inamovibles et mes alphabets toujours approximatifs. Sans parler des dictées françaises, dont le score était souvent zéro. Sans parler des récitations muettes. Donc j'étais loin du niveau requis, quoique l'on m'ait admis au cours élémentaire de deuxième année. Les instituteurs n'aimaient pas trop faire redoubler les élèves arriérés, espérant sans doute qu'à la classe suivante le cancre se transforme tout à coup en génie. Au bout de deux mois, mon instituteur de français, M. Fr, eut un entretien avec mon père, et lui expliqua la situation. Pour faire simple, mon cas, selon M. Fr, était désespéré. Il fallait s'attendre à un redoublement, sauf miracle avant la fin de l'année scolaire. Cependant j'étais légèrement meilleur en arabe. Pour l'alifbata, ça pouvait aller, même si je le connaissais seulement dans le désordre, avec quelques trous, moins qu'en français quand même. Si je pouvais lire, certes avec beaucoup plus d'hésitation que nécessaire, mes dictées arabes, elles, n'étaient pas les pires. Pour le calcul, qui était en français, c'était une toute autre chanson. Les tables de multiplication étaient un calvaire, et à partir de la table de cinq, rien ne va plus. Mon père, suite à ce lamentable constat, ne laissa rien paraître. Je n'eus droit à aucune punition, même pas une remontrance. Mon père avait toujours été calme ; je ne l'ai jamais vu en colère, jamais. C'était un taiseux.

Cependant, les évènements allaient se charger de tout changer. En novembre 1955, on annonça d'abord le retour d'exil du bienaimé roi Mohamed V. Et dans la foulée, en mars 1956, l'indépendance du Maroc. Deux évènements majeurs, coup sur coup. Tout le Maroc était en fête, et El-Kasbah ne fut pas en reste. Botwil devint le centre d'un monde des plus joyeux. Le sol de toute la rue, y compris l'esplanade de la mosquée, était recouvert de tapis de toutes les couleurs et de tous les motifs, du simple tapis berbère au prestigieux tapis de Rabat. Les commerçants avaient élevé, chacun devant son local, des arcs de triomphe en branches de palmiers. Sur les tapis, les rutilants plateaux de thé aux verres bariolés étaient partout comme une invitation, chaque plateau servi par un caïd du thé dans ses habits les plus beaux, tarbouche watani ou tarbouche turc bien vissés sur la tête. Cornes de gazelle et chbakia étaient en abondance. De-ci de-là, des youyous survolaient tous les autres bruits. La radio donnait de la musique, andalouse souvent, alternée de chansons marocaines modernes par de jeunes artistes comme nés le jour même par génération spontanée. Les commerçants poussaient le son à fond.

Quelques jours plus tard, on avait organisé une réunion publique au Méchouar, où tout citoyen pouvait faire un discours d'éloges pour glorifier Mohamed V et notre indépendance. Mon frère aîné, qui avait vingt-trois ans à ce moment, et qui était surement l'un des organisateurs de cette manifestation, me prépara un texte en arabe classique, une page, que je devais apprendre par cœur. Je montai sur l'estrade, et découvris l'immensité de la foule. Je n'en revenais pas ; moi, le cancre certifié, j'allais faire un discours au peuple ! Et quel peuple ! La place était noire de monde. Je m'approchai du microphone et commençai les premières phrases. J'avais débuté très fort, sans aucune hésitation, et j'entendais le retour enthousiasmé de la foule. Mais quand l'écho de ma propre voix me revint comme un boomerang, je perdis contrôle, et mon pauvre discours se transforma en bredouillements, voix éteinte. L'enthousiasme de la foule devint vite indifférence. Et l'on m'extirpa promptement de devant le microphone. Ce fut ma seule et unique prestation publique.

Au cours de ces journées extraordinaires, les soucis de l'école, et même les jeux, devinrent accessoires. Le fils de notre voisine d'en face, qui devait avoir seize ans, eut une idée pour se faire un peu d'argent. Il s'institua fabricant de drapeaux marocains, étoile verte à cinq branches sur fond rouge écarlate. Et il me proposa le premier job de ma vie : vendeur de drapeaux. Evidemment, j'avais accepté immédiatement. Il fabriquait les drapeaux, quelques fines branches de palmier, effeuillées, un peu de peinture pour l'étoile, et voilà, on avait un drapeau. A peine les premiers drapeaux secs, je parcourais Botwil : un rial par drapeau. Ça partait comme des petits pains. A chaque livraison vendue, je rapportais l'argent à mon ami, et je prenais la livraison suivante, quitte à attendre un peu pour le séchage. A la fin de la journée, il avait les poches pleines de rials. Il m'en accorda une poignée, qui ne m'intéressait pas tellement, heureux déjà d'avoir passé une journée

Il était une fois à Marrakech

extraordinaire à crier : « le drapeau, un rial seulement ! » et d'avoir contribué à la joie générale ; mais que je pris quand même, en prévision du cinéma Mabrouka. Tous ces évènements ne changèrent strictement rien à ma dramatique situation scolaire.

Chapitre VI

Autant mon père était issu, de par sa naissance, d'un milieu paysan, autant ma mère l'était d'un milieu urbain et plutôt intellectuel. Le père de ma mère était magistrat, et réputé. Il était mufti de Marrakech et professeur à l'université Ben Youssef, très connue à l'époque. Il en était le directeur de la bibliothèque, ce qui n'était pas rien non plus. Mais l'éducation, surtout celle des filles, ne suivait pas. Une idée hantait tous les parents marocains de ce temps : quand allons-nous marier notre fille ou nos filles ? Pour ces parents, l'idéal était immédiatement à la puberté de la fille, généralement vers l'âge de neuf ou dix ans, tradition qui remonte à plus de mille ans. Ce qui pour nous, actuellement, est pire qu'un cruel non-sens, un crime. Mais au début du XXème siècle marocain, comme les siècles précédents, c'était la norme incontestée. Cette différence entre les deux époques, le début du siècle dernier et nos jours, montre bien l'immensité du chemin parcouru. Nous, enfants du Maroc, sommes passés de l'âge de l'antiquité, sans escale, au XXIème siècle, en moins de cent ans. Pourquoi alors, se disait-on, envoyer les filles à l'école, surtout cette école des français à laquelle on n'accordait aucune confiance ? Mon grand-père maternel devait, comme c'était l'opinion générale, considérer cette école comme un lieu dangereux pour ses filles, où elles couraient le risque de perdre leur âme, l'originalité de leur éducation musulmane ; malgré que ma grand-mère maternelle était, du fait du statut de notable de son mari, introduite dans la haute société de la ville, c'est-à-dire le palais de l'ancien pacha de Marrakech, Moulay Driss, frère aîné du roi Mohamed V. Mon grand-père essaya bien de sortir de ce schéma rigide qui gouvernait notre société d'antan, en permettant à ma mère, quand elle avait neuf ou dix ans, de fréquenter une école dirigée par des religieuses françaises, mais il revint très vite sur sa décision dès que l'opportunité d'un mariage se présenta. Et ma mère fut mariée à l'âge de onze ou douze ans !

Ce premier mariage fut un fiasco, et mon grand-père au bout de quelques années divorça ma mère de ce premier mari. Comment mon père, de naissance paysanne, enfant adopté, devenu simple employé subalterne d'une administration du protectorat français, avait-il par la suite connu ma mère, fille adorée d'un haut magistrat de Marrakech, et réussit-il à l'épouser ? C'est un grand mystère pour moi, à ce jour. Mon grand-père maternel était originaire de Oualidia, petit village sur la côte atlantique à mi-distance entre Safi et El-Jadida. Il y était né en 1875. Son cursus universitaire est impressionnant. Comment était-il devenu l'une des grandes figures judiciaires et universitaires de Marrakech, en étant né à cet humble village ? Encore un mystère. Mais c'était un érudit, et j'entends encore ma mère, la fierté dans la voix, quand elle parlait de lui.

Mon cousin A, l'aîné de la sœur cadette de ma mère, avait en sa possession notre arbre généalogique maternel, qui remonte au XVIIème siècle, au temps du roi Saadien Al-Oualid. C'est un parchemin de quarante centimètres de côté, écrit tout petit à la façon des adouls, c'est-à-dire illisible sauf pour un adoul. J'en ai maintenant une copie, et dès que ce sera possible, je la ferai retranscrire en écriture lisible. En résumé, nos ancêtres avaient formé une coalition pour combattre les portugais qui occupaient la région de Oualidia, avec l'accord du roi Saadien Al-Oualid et sa promesse que toute terre reconquise leur soit attribuée en pleine propriété pour eux et leur descendance. C'est

Il était une fois à Marrakech

l'origine du nom « Oualidia ». Dans ce village, nous étions tous cousins, tous des Oualidis.

Nous, toute notre petite famille, avions l'habitude, chaque été, d'y passer les vacances. Le village n'était alors habité que par des oualidis, même en été. Ce n'est qu'au début des années 1970 que l'on commença à voir affluer des touristes, d'abord marocains, ensuite étrangers, pour arriver aujourd'hui à une gigantesque cohue. Le petit village où n'existaient que quelques habitations est devenu une ville où l'anarchie de la construction a tout défiguré. Oualidia est un plateau où affleure encore le fond sous-marin des âges géologiques précédents, des roches, sédiments blanc de nacre parsemés de terre brune d'où jaillissent quelques fois des touffes d'herbe sèche. Arrivé au bord de mer, le plateau plonge soudain vers la lagune, formée par une ouverture de quarante à cinquante mètres sur l'océan, qui laisse entrer le bras de mer le long de la côte sur plus de dix kilomètres. Entre le plateau et le bras de mer, d'un côté la plage, et de l'autre des terres fertiles où sont cultivés des légumes, surtout des tomates, et aussi des vergers, essentiellement pommiers, poiriers, et quelques vignes et pastèques. Y sont également installés des étangs d'ostréiculture.

Il était une fois à Marrakech

Nous partions de Marrakech tôt le matin en autocar. Nos bagages, comme d'habitude étaient conséquents, chacun prenant sa part de ce « déménagement » sauf ma mère qui, elle, avait une tâche plus délicate, veiller à ce que rien ne manque. Première étape à Safi, ensuite deuxième autocar pour les soixante kilomètres jusqu'à Oualidia, où nous arrivions en début d'après-midi, suffisamment tôt pour pouvoir tout installer. Les habitations sur le plateau n'avaient ni eau courante ni électricité. On allait chercher l'eau à l'unique fontaine, et quant à l'électricité, on s'éclairait avec des lampes à pétrole ou acétylène. Pas de radio, même si déjà on pouvait trouver des transistors japonais. Mais nous nous en passions. Le soir, on se couchait tôt, ce qui nous faisait consommer peu d'éclairage.

Souvent, mon père m'emmenait avec lui à la lagune pour une partie de pêche. Un vieux cousin, au passé de marin, nous faisait traverser le bras de mer sur son canoé, et revenait en début d'après-midi nous rechercher. Ma mission, en tant qu'adjoint de pêche, était de trouver des couteaux, coquillages longs et simples à décortiquer, afin d'approvisionner mon père qui s'en servait comme appâts. Muni d'un crochet, un long fil de fer crocheté au bout, je scrutais le sable mouillé, et chaque fois qu'il y a un trou, c'est qu'un couteau est en-dessous. En une demi-heure j'avais fourni à mon père de quoi appâter tout un banc de poissons. Il y en avait beaucoup. Mon père mettait trois ou quatre hameçons à sa ligne, et assez souvent attrapait trois ou quatre poissons à la fois. C'était à chaque sortie une pêche miraculeuse.

En dehors de ça, je passais le plus clair de mon temps avec mon cousin B, qui était exactement de mon âge. B était le fils aîné de la deuxième sœur cadette de ma mère. Il n'y avait pas un coin de Oualidia que nous n'ayons exploré. Pas une meule de foin où nous n'ayons cherché des œufs, les poules en liberté ayant une préférence pour ces endroits, œufs que nous gobions aussi sec. Mais nos endroits préférés étaient les vergers, que nous exploitions sans scrupule. D'autres fois, du côté des étangs, nous restions assis de long moments, à admirer les vaches qui traversaient le bras de mer à la nage. Vers la fin de la matinée, on traînait sur les dunes de la plage, vide de toute construction, à épier les baigneurs français ; personne au village d'en haut ne fréquentait cette plage ; ou bien à midi, allongés au sommet d'une dune, sentant le sable chaud sur notre peau, à épier leur table sous le préau du débarcadère, table généreusement fournie. Nous les épions, non pas par envie, car question gastronomie, nous avions tout ce qu'il fallait à la maison, grâce à nos mères, de véritables cordons bleus ; sans compter ce que nous ingurgitions dans les vergers. Mais par curiosité. Oualidia était notre paradis d'été.

Chapitre VII

A El-Kasbah, l'excitation de la fête retomba, mais il ne fallut que quelque temps (quelques jours ? semaines ? je ne peux le dire) pour qu'un vent de folie soufflât sur la ville. Les injustices, les exactions, les passages à tabac par les glaoua ou par la police du protectorat avait semé la haine chez bon nombre de Marrakchis. Des foules vengeresses se formèrent. Bien qu'il y ait une distance entre la colère et le lynchage, elle fut vite franchie du fait des meneurs, qui agirent comme le catalyseur d'une réaction chimique. On désigna les « biya'a » (collabos), on les trouva, et on les lyncha. Le pauvre cycliste, le voisin de H'mad L'Hraïri, en fut un. On lui réserva un châtiment des plus effroyables, dont je me refuse de rapporter les détails ici ; devant son atelier. C'était une horreur, aussi injuste qu'inhumaine, aussi stupide qu'inutile et même néfaste pour tout le pays, d'autant plus que les pourparlers pour l'indépendance n'étaient pas encore bouclés. Il faudra attendre 1957 pour que le Maroc redevienne formellement un Etat souverain. La belle ville de Marrakech en perdit sa réputation pour plus de quinze ans, et le future roi Hassan II jeta l'anathème sur elle dès cet instant-là. Ces tristes évènements mirent beaucoup de temps à être oubliés.

Revenons à l'école. Mon père me dit : « Notre pays est maintenant indépendant. Et nous sommes arabes. Donc notre avenir est arabe, et le mieux pour toi est que ton éducation se fasse dans une école arabe. Tu quitteras l'école publique du Méchouar, pour continuer l'année scolaire à Madrassat Al-Hayat. Je t'y ai déjà inscrit. ». Nous étions sur le point de finir les vacances scolaires de mars 1957. Madrassat Al-Hayat (l'école de la Vie) se trouvait au quartier L'Mwassine, pas loin de la maison de mon oncle, le frère cadet de ma mère. C'était une petite école privée, arabe à cent pour cent, c'est-à-dire que la langue française n'y était enseignée qu'à titre de langue étrangère, la seule d'ailleurs. Une maison à deux étages ; au rez-de-chaussée quatre pièces qui servaient de classes, et à l'étage au-dessus deux classes. Je ne garde pas un bon souvenir de cette école. On me casa d'abord au cours moyen première année, dont j'étais loin d'avoir le niveau. Ce qui déplut à mon instituteur, qui me prit immédiatement en grippe. Il aurait dû s'en prendre à son directeur, mais là, il ne pouvait pas. Il réussit quand même à se débarrasser de moi,

Il était une fois à Marrakech

et au bout d'un mois, je fus « promu » à l'étage supérieur, à la classe du cours moyen deuxième année, la classe du certificat d'études primaires !

Le jour où je me présentai à cette classe, l'instituteur me demanda : « Que viens-tu faire ? » Je lui répondis : « Monsieur le directeur m'a dit de venir dans cette classe. » Là-dessus il décida : « Bon, tu vas t'asseoir là-bas au fond, et surtout tu ne fais pas de bruit. Reste tranquille. » Et voilà comment je devins auditeur libre. Libre de ne rien faire. On ne me présenta même pas à l'examen du certificat, l'instituteur ayant proclamé que ça ne valait pas la peine. L'été vint vite, et les vacances à Oualidia, où je retrouvai mon complice B, nos parties de pêche, nos baignades, nos randonnées, nos razzias sur les vergers, et nos vaches nageuses effacèrent d'un coup mes chagrins scolaires. Chez moi, on décida que cette école ne valait rien, quoique, malgré tout, j'y avais enregistré des progrès en arabe. Une meilleure fréquentation de l'alifbata, des rudiments de grammaire, surtout de voyellisation, et aussi en écriture. Mon père m'inscrivit donc à une autre école arabe, privée celle-là aussi. Madrassat Azzouhour (L'école des Fleurs), au quartier de Riyad-L'A'Rouss. Et en cours moyen deuxième année s'il vous plait ! Là, je passai toute l'année scolaire 1957-1958. C'était probablement l'année où je commençais à émerger de mon magma d'ignorance. En arabe seulement, car la langue française demeurait pour moi en grande partie un mystère, aussi épais que la harira de H'mad L'Hraïri. Vint le moment de l'examen du certificat d'études primaires, arabe seulement. Je me souviens encore de mon père, venu m'encourager alors que nous étions en rang devant l'école de A'rsat L'M'aach, où devait se tenir l'examen, je me souviens encore de lui me dire « Tu ne loupes pas, hein ! tu ne loupes pas ! et fais très attention à ton écriture. » Bien malheureusement, ce fut un échec, qui affecta plus mon père que moi-même. Un échec lamentable. Décidemment, je n'étais bon à rien, devait-on penser chez-moi. Mon père devint soucieux. Et de le voir ainsi, bouche fermée plus que d'habitude, il ne parlait quasiment plus, j'en fus moi-même affecté. Je perdis mon goût pour les jeux. Le bon pain et le thé vert, froid et sucré, n'étaient plus ma folie douce. Le début de cet été-là fut lugubre. N'avais-je jamais pu entrevoir le fond de l'âme de mon père ? Je crois que si, mais bien tard. Un jour que nous étions tous les deux à revoir des

Il était une fois à Marrakech

photographies de notre famille, soudain on tomba sur un portrait, une vieille photo, de petite dimension, et je dis : « ça, c'est toi. » Il me répondit : « Non, c'est ton oncle AbdSlam. » Pour moi, c'était mon père, j'en aurais juré. Et c'était l'unique fois qu'il m'avait parlé, en pas plus de quatre mots, de mon oncle AbdSlam. Plusieurs années plus tard, en y repensant, je me suis de plus en plus conforté dans l'idée que mon oncle AbdSlam était le jumeau de mon père. Mon père avait donc perdu son frère jumeau en 1945, à l'âge de trente ans, lors de l'épidémie du typhus qui était partie d'Europe pour ravager l'Afrique du Nord. Est-ce le secret de sa discrétion empreinte de tristesse, de son calme invariable ? Peut-être.

Mais début juillet 1958, il revint avec un ordre pour moi. Il fallait que tôt le lendemain matin, à sept heure, je sois chez Monsieur F, au derb Sidi-Boulokat, rue donnant sur Tamajorte. Il m'y emmènera. Mon père était très connu à la poste principale de Marrakech, qui se trouvait alors juste en face de la place Jamaa-L'Fna. Il en était le premier télégraphiste. Il parla donc de mes échecs scolaires à Monsieur Esm, le receveur de la poste, qui lui conseilla Monsieur F, disponible pour me donner des cours de rattrapage en langue française,

Il était une fois à Marrakech

seule issue pour moi après mes deux échecs en langue arabe. Ce revirement de mon père, qui voyait d'abord mon intérêt avant toute autre chose, illustre bien ce qui se passait dans l'ensemble du pays. Une fois la joie de l'indépendance passée, on ne tarda pas à être confronté à une très dure réalité. Le pays manquait de tout, d'infrastructure comme de cadres qualifiés. Notre volonté de nous raccrocher au train arabe, si tant est qu'il ait jamais existé en ces temps modernes, ne suffisait pas à faire de nous une nation de nouveau vraiment indépendante. Bref, la désillusion vint très vite. Monsieur F. venait de prendre sa retraite. Il était ingénieur géologue, et avait passé toute sa carrière au Maroc. Il ne voulait pas rentrer en France, et préférait vivre à Marrakech, non loin du Haut Atlas. Derb Sidi Boulokat était une ruelle qui donnait d'un côté sur Tamajorte, et, en faisant un coude, de l'autre côté, sur la place Jamaa-L-Fna. Boulokat signifie « Maître des Instants ». On dit que cette rue, qui abritait plusieurs petits hôtels, avait servi, à la fin de la deuxième guerre mondiale, de lieu de rendez-vous à des soldats en permission. Dans l'un de ces hôtels qui, entretemps étaient revenus à leur activité normale, Monsieur F occupait les deux pièces du rez-de-chaussée, qui donnaient sur un patio partiellement à ciel ouvert, de vingt pas de côté. Mon père et moi y allâmes à pied ce jour où je devais faire la connaissance de mon futur bienfaiteur. La distance à parcourir, en partant de chez nous, n'exigeait pas plus qu'un quart d'heure de marche. Présentation faite, mon père nous quitta et nous commençâmes aussitôt le travail.

Monsieur F. était de taille moyenne, les cheveux très blancs, mais d'allure encore athlétique malgré son âge, plus de soixante ans. Il avait préparé une table et une chaise contre le mur droit du patio, place qui allait se révéler le mieux ombragée. Sur la table un livre ouvert à la première page, un cahier à grands carreaux, un encrier, un porte-plume garni de sa plume sergent-major toute neuve, et un buvard. Il m'expliqua, parlant très lentement, que je devais recopier sur le cahier ce que je voyais sur le livre. Le programme était simple : une heure de copie, dix minutes d'interruption toutes les heures. De sept à onze heures. Ainsi débuta ma longue marche vers l'écriture. Quand il voyait que j'hésitais, ou que je m'arrêtais avec vraisemblablement un gros point d'interrogation virtuel au-dessus de la tête, il me disait : « Continue. Tu comprendras plus tard. »

Il était une fois à Marrakech

Quel livre était-ce ? « Les lettres de mon moulin » ? Je n'en suis plus très sûr. Le début était lent, très lent, et le temps très long. Enfin onze heures. Je rentrais à la maison, déjà affamé. Ce fut ainsi la première semaine. Chaque jour, sauf le dimanche. Mes gribouillis s'accumulaient sur les premières pages du cahier, sans aucune remarque de mon professeur sauf « Continue. Tu comprendras plus tard ». Pendant les pauses, je m'aventurais jusqu'à son bureau. Là, il y avait une table sur laquelle reposaient de nombreux cailloux, des fragments de roches, aux couleurs parfois translucides, parfois pastelles, ou vives. Et une vitrine fermée, dans laquelle des étagères supportaient d'autres cailloux. Il ne fallait surtout pas que j'y touche, certains pouvant contenir des poisons. Monsieur F. continuait de partir en prospection dans le Haut Atlas. Il y a une route qui mène jusqu'à l'Oukaïmden, à deux mille-six-cents mètres d'altitude. Au-delà, il fallait prendre le mulet. Monsieur F partait en expédition plus haut encore, le Haut Atlas culminant quelque peu au-dessus de quatre mille mètres. C'était de là qu'il rapportait tous ces fragments de roches. Il connaissait tout du Haut-Atlas.

Il était une fois à Marrakech

Au bout de dix jours, je devais consacrer une heure, plus ou moins, à relire, à partir du livre, et à voix haute, le texte que je venais de recopier. Là aussi mes hésitations, ma mauvaise prononciation, mes blocages étaient résolus par un « Continue. Tu comprendras plus tard. » L'exercice, les jours passant, devenait de moins en moins ardu. J'y prenais goût. Chaque semaine qui passait voyait mon travail s'améliorer ; j'hésitais de moins en moins, je recopiais un peu plus rapidement ; je relisais encore avec difficulté, mais bien moins qu'au début. Je comprenais nettement plus de ce que je recopiais. Et il y avait beaucoup moins de points d'interrogations flottant au-dessus de ma tête. Monsieur F me consacra deux mois. Vers la fin d'Août 1958, en entrant dans le patio, il n'y avait plus de livre sur la table. Seulement un cahier tout neuf. Nouvelle instruction de mon maître : « Bon, il est temps maintenant de voir si notre travail porte ses fruits. Tu vas écrire tout ce que tu fais et ce que tu vois, depuis le départ de chez-toi, jusqu'à ton arrivée ici. Ecris ce que tu veux, mais écris. » Il m'avait fallu plus de trois heures pour arriver enfin à couvrir deux pages du beau cahier. Et je quittai Monsieur F en lui disant au revoir, à demain, sans savoir que c'était la dernière fois que je le voyais.

La semaine suivante, mon père, qui avait retrouvé un semblant de sourire, m'annonça la bonne nouvelle : j'étais inscrit au cours moyen première année au collège Mohamed V. A compter de la rentrée de septembre 1958. Le collège conservait encore deux classes du primaire, les cours moyens. En fait, mon père et Monsieur F avaient eu un entretien avec le proviseur du collège, et avaient plaidé ma cause en lui montrant mes cahiers et ma fameuse rédaction de deux pages. Mission réussie. J'étais revenu dans la course. Je dois beaucoup à Monsieur F.

Il était une fois à Marrakech

Chapitre VIII

En 1955, mes deux sœurs aînées reçurent en héritage une formidable bibliothèque. Au moins une quarantaine de livres. Des livres d'art richement illustrés, quelques-uns ; une collection de la correspondance de Napoléon Bonaparte ; une collection de la plupart des œuvres d'Alexandre Dumas ; quelques ouvrages de Victor Hugo, notamment « Les misérables » et un gros recueil de poèmes dont « La légende des siècles », « Odes et ballades », « Les châtiments » ; et autres. Mon père fit creuser une niche dans le mur au fond de notre « salon » ; un mètre et demi de largeur sur deux mètres de hauteur, quatre étagères, et voilà cinq rayons de beaux livres.

Précédemment, certains soirs d'hiver, la plus jeune de mes deux sœurs aînées nous réunissait dans la chambre de ma grand-mère et nous lisait « Les misérables » traduit en arabe. Ma sœur lisait l'essentiel, et se concentrait sur le fil de l'histoire. Nous fîmes donc connaissance de Jean Valjean, de l'inspecteur Javert, de Cosette, des Thénardier, et ainsi de suite. Nous étions suspendus à ses lèvres. C'était un monde extraordinaire. Je retrouverai plus tard cet univers,

Il était une fois à Marrakech

dans le texte, grâce à la bibliothèque de mes sœurs, bibliothèque qui allait jouer un rôle primordial dans ma vie.

En septembre 1958, je fis mon entrée au collège Mohamed V, en cours moyen première année. A cette occasion, mon père m'avait acheté ma première bicyclette, une bicyclette de taille moyenne, plus petite que celles pour adultes, de couleur bleue. Ainsi équipé, en partant de la maison pour arriver au collège, situé derrière le palais de Moulay Driss, qu'on appelait « Douar Graoua », il ne me fallait pas plus de dix minutes. Pourquoi Douar, et pourquoi Graoua ? alors qu'il s'agissait d'un palais ? Chaque nom de lieu véhicule une histoire ancienne. Par exemple, Kasbah, le nom de notre quartier, signifie fortin ou village fortifié, ce qui renvoie à la conquête des Almoravides. Des histoires de luttes ? d'attaques ? de défenses ? des histoires violentes ou pacifiques ? Je crois plus violentes que pacifiques. Mais je n'ai encore aucune idée de l'origine du nom « Douar Graoua ».

Mon trajet pour le collège passait devant le Mellah laissant Dar L'Badii à droite, ensuite par le palais Dar L'Bahia pour finir en une ligne droite de quatre cents mètres. Les cours moyens étaient séparés des classes du secondaire. Et les horaires de récréation légèrement décalés. D'ailleurs, l'année suivante allait voir la suppression de cette partie de l'enseignement primaire qui faisait l'originalité du collège. Dès les premiers jours, je m'étais attelé au travail. Terminées, les parties de billes, de trombya, de dinivry. Au terme du premier mois, on décida de me faire passer au cours moyen deuxième année. Mes progrès aussi bien en français qu'en arabe étaient évidents. Les dictées et les récitations étaient devenues mes amies, la grammaire n'était plus du chinois, et je connaissais maintenant toutes mes tables de multiplication, y compris la redoutable table de neuf, ainsi que la preuve par trois ou par neuf.

    Mon voisin de classe, Az, devint vite mon ami. Nous nous lancions des défis avec les problèmes de calcul. Les baignoires trouées qui se vident difficilement à cause d'un robinet ouvert à fond, calculer combien de litres il reste au bout d'une heure ; Ou bien les trains qui partent de deux points opposés à des vitesses irréelles mais différentes, calculer où et quand ils vont se croiser ; ou encore les hectares de blés qu'un cultivateur a laissé à ses enfants sous certaines conditions, calculer la part de chacun. Que sais-je

Il était une fois à Marrakech

encore ? Dans ce domaine, l'imagination de notre instituteur, et du livre au programme, étaient vraiment fertiles. Avec mon ami Az, nous étions devenus, à l'approche des examens du certificat, les champions de la classe en matière de « problèmes ».

Finalement je fus reçu aux deux certificats d'études primaires, le français et l'arabe. C'était une année faste. Mais le certificat qui me plut le plus, c'était celui de l'arabe. Comme une revanche.

En cette année-là, le tout jeune gouvernement marocain décida d'une modification de l'enseignement secondaire, de fond en comble. Jusque-là, l'enseignement public du secondaire était calqué sur celui de la France. On passait le baccalauréat en deux parties. Les classes du secondaire commençaient par la sixième, et à la première, on passait le baccalauréat première partie.

L'année suivante, en terminale, on passait le baccalauréat deuxième partie. Mon frère aîné eut son baccalauréat première partie ainsi, mais je ne sais plus si c'était à Marrakech, ou à Agadir où il était interne. Il fallait donc sept ans de secondaire pour obtenir le baccalauréat français complet. Le nouveau système marocain ne comptait plus que six ans pour le même résultat. On partait de la première année du secondaire, l'équivalent de l'ancienne sixième, et on aboutissait à la sixième année, l'année du baccalauréat qui n'était plus en deux parties, mais en une seule. Cela se comprend, car le Maroc, vieux pays par la civilisation, mais jeune par la modernité, avait besoin de cadres, ingénieurs, médecins, professeurs et autres, et une année gagnée dans la formation représentait un gain important. Les programmes avaient été revus en conséquence.

Je commençai donc l'année scolaire 1959-1960 en première année du secondaire, toujours au collège Mohamed V. Mon ami Az eut aussi ses deux certificats d'études primaires. Mais, issu d'une famille pauvre, encore plus pauvre que la majorité d'entre nous, il lui fallait trouver un emploi. Il fut engagé dans l'un des services de la préfecture. Nous nous revîmes souvent par la suite ; entretemps, il avait grimpé les échelons et était devenu le cadre principal de l'arrondissement préfectoral qui contrôlait, entre autres, le quartier de notre nouvelle maison, le quartier industriel du Guéliz. Ce n'est que bien plus tard, quand je

Il était une fois à Marrakech

m'étais installé en France, que nous nous perdîmes de vue.

Nous sommes tous des voyageurs dans le temps, que nous le voulions ou non. Des voyageurs qui ne peuvent jamais revenir sur leurs pas. Le bon voyageur essaie de garder la description du pays qu'il traverse et ses impressions de ce pays, avec des moyens concrets, et la meilleure façon est de tenir un journal. Ce n'est hélas pas mon cas. Je suis un mauvais voyageur dans le temps. Il ne me reste de ces lointaines époques que des souvenirs. Peut-on jurer de la fidélité de sa seule mémoire, quand s'approche inexorablement le dernier voyage ? Bien sûr que non. Ces paysages lointains sont alors déformés par le prisme des sentiments de l'âge avancé, et le premier de ces sentiments est la nostalgie, laquelle embellit ce qui en réalité, peut-être, ne le mérite pas. Mais, tout le long du voyage, il y a des évènements qui le jalonnent, qui sont des points de repère tout comme des points d'inflexion capables d'en modifier l'itinéraire. Le premier jalon était bien entendu Monsieur F. Le troisième sera, à partir de 1960, la bibliothèque de mes sœurs. Mais indubitablement, le second était ma belle petite bicyclette bleue. Elle me fit découvrir une nouvelle liberté. Non pas que je n'étais pas libre auparavant, mais Marrakech et sa plaine sont vastes, et à pied, on ne va pas très loin. Avec ma bicyclette, ma belle « bichcleta », Marrakech devint bien plus petit.

Nous étions un groupe d'amis, certains d'El-Kasbah, et les autres des quartiers de la médina, que j'avais connus au Collège Mohamed V. Az, Rab, Yak, Zak, Ch, et d'autres encore. Ceux qui avaient des bicyclettes portaient leurs camarades qui n'en avaient pas, sur le cadre ou sur le porte-bagage, ou encore les deux à la fois. On avait accès maintenant à la piscine municipale, loin derrière Bab-Jdid, à plus d'une heure de marche mais à dix minutes seulement à bicyclette. On y apprit à nager, et même à s'entraîner au crowl, les mains sur la planche qui nous maintenait à flot, les jambes et les pieds battant comme un moteur. Notre terrain de football s'était déplacé aussi, du Méchouar à une autre partie de Bab-Jdid où il y avait moins de cailloux. On commençait à jouer non plus les pieds nus, mais avec des godasses à barrettes. Cependant, mes deux nouvelles passions étaient notre bibliothèque, et le cinéma. Loin était maintenant le temps des jeux d'enfant. J'avais treize ans en 1959.

Chapitre IX

Je me rappelle de ce soir de juillet 1955. Mes deux sœurs et mon frère aînés se préparaient à aller au cinéma Palace où l'on donnait le nouveau film de Paul Meurisse, "Les diaboliques". Pour moi, il était évident que je faisais partie de la sortie. Mais lorsqu'ils étaient prêts, quelqu'un décida que j'étais encore trop petit pour une telle soirée. Etait-ce ma mère ? J'avais dit que non, que je suis grand maintenant. Mon frère, que j'adorais, insista pour que je reste à la maison. J'ai protesté, j'ai crié et me suis mis à pleurer en disant quelque chose comme « ce n'est pas juste ». Finalement ils ont cédé, et nous voilà tous les quatre partis en calèche pour le Guéliz et le cinéma Palace. Évidemment nous étions arrivés en retard, et le film avait déjà commencé. Il faisait grosse chaleur, même la nuit, et la séance était en plein air. Nous entendions chuchoter, le temps de trouver nos places dans les premiers rangs, des « chut », des « assis ». Le parterre était plongé dans un silence absolu, et Paul Meurisse dialoguait avec Simone Signoret comme s'ils étaient parmi nous. C'était ma première visite du cinéma Palace, qui allait devenir par la suite mon cinéma préféré.

Il était une fois à Marrakech

Ma première séance de cinéma, cependant, eut lieu un ou deux ans auparavant. Mon père nous avait emmené tous au cinéma Kannaria, voir le film égyptien « La naissance de l'Islam ». Je vois encore Sidna Bilal, sous la torture, proclamant : « Il est Un et Unique. Un et Unique. » (Ahadoun Ahad, Ahadoun Ahad) Là encore, c'était une séance en plein air. Mais dès que je pouvais fréquenter le cinéma Mabrouka, l'horizon du septième art commença à s'ouvrir. Mabrouka était une grande salle, avec deux rangs de balcons et un grand parterre. Plus populaire, il n'y avait que Kannaria. C'est à Mabrouka que j'avais vu « Vera Cruz », nombre d'autres westerns avec Alan Ladd, Randolf Scott, Burt Lancaster, Garry Cooper, Kirk Douglas et l'inoubliable « Règlement de comptes à Ok Corral », et autres ; « Attaque » avec Jack Palance, « L'enfer des hommes » avec Audie Murphy ; et surtout des films égyptiens. L'Egypte avait alors un art florissant. Plus tard, les films indiens déferlèrent sur le Maroc. Ces films attiraient beaucoup de monde grâce à leurs scenarii simples, et surtout aux chansons et danses, magnifiques. A tel point que les enfants de Marrakech pouvaient chanter en indien, sans comprendre un traître mot de ce qu'ils chantaient. Je me rappelle encore de « Mangala la paysanne » (Mangala al-badaouia).

Ce jour d'octobre 1958, on frappa à la porte vers dix heures du matin. On me demanda d'ouvrir. C'était un jeune homme, qui me semblait grand et mince. Les cheveux coupés courts, un visage régulier, avenant, souriant. Très élégant dans un costume apparemment tout neuf. Il me demanda s'il pouvait voir mes parents. J'étais surpris, et du haut de mes douze ans je lui dis d'attendre. J'alertai ma mère. Mon père était au travail. En fait, c'était Kim, qui venait demander la main de ma sœur H, la plus âgée de mes deux sœurs. H avait alors vingt-deux ans, et Kim vingt ans. Leur mariage eut lieu l'année suivante, en plein été. Il fallait d'abord signer le contrat de mariage à Marrakech, devant deux adouls (notaires) chargés de la rédaction de l'acte, et douze témoins, pas moins, qui tous également signèrent. C'est la loi. Ensuite tout ce beau monde, les mariés, les témoins, la famille au complet, se transporta à Casablanca où devait avoir lieu la nuit de noces. C'est la coutume : le contrat chez la mariée, et la nuit de noces chez le marié. Ce fut un voyage homérique, en une théorie de voitures automobiles, par une chaleur dont notre région a le secret : torride. On mit presque une journée pour parcourir les deux cent vingt kilomètres qui séparent Marrakech de Casablanca. A mi-chemin, sur les berges du fleuve Bou-Regreg, on fit halte pour se rafraîchir. Partis tôt le matin, nous n'arrivâmes à destination qu'en début de soirée. Le deuxième jour après l'arrivée, nos jeunes mariés eurent des noces mémorables.

Kim avait cinq frères. L'aîné, Mo, était celui qui avait pour ainsi dire élevé ses frères, nettement plus jeunes que lui. Le plus jeune, Ag, de mon âge, était devenu mon ami. Pas besoin de dire que les réunions de famille, de cette famille, étaient hautes en couleurs, jamais ennuyeuses. Mo et sa femme Gin s'étaient mariés très jeunes, à Essaouira, leur ville d'origine. Gin, d'origine française, était la fille d'un garde forestier à Essaouira, originaire d'Alsace ou de Loraine. Elle parlait le marocain comme nous, mais avec un léger accent, d'une fluidité sans le moindre accroc. Et le français avec un fort accent marocain ! Gin, née au Maroc, n'avait jamais vu la France. Bien après sa retraite en tant que fonctionnaire de l'Education Nationale, quand elle voulut renouveler ses papiers français, elle eut la très désagréable surprise qu'on les lui refusât. L'administration française considérait en effet que,

Il était une fois à Marrakech

étant née hors de France, s'étant marié à un non français, n'ayant jamais réclamé sa nationalité pendant plus de soixante ans, elle n'était plus considérée comme française. Il lui avait fallu prendre un avocat, entreprendre des démarches interminables, pour qu'enfin, plus d'une année plus tard, elle eût la joie de se voir réintégrée dans sa nationalité d'origine. C'était l'application stricte du droit du sol, et il lui fallait prouver qu'elle était bien française !

Ils habitaient au quartier de l'Hermitage, le quartier le plus huppé de Casablanca avec celui de l'Oasis voisin. Une très belle villa, avec deux grands salons, cinq chambres, et un immense sous-sol donnant par de larges vasistas sur le jardin, presqu'aussi bien éclairé que les salons de l'étage au-dessus. Ce salon sous-sol était aménagé comme les autres salons, à la marocaine, avec de longs divans qui couraient le long des murs, le sol recouvert de tapis, de larges coussins partout, le tout aux couleurs harmonieuses. Mo tenait alors un commerce de produits pour le bâtiment, activité on ne peut plus florissante. Mais si le commerce était bon, la gestion de Mo semblait ne pas l'être tout à fait. Je sus quelques années plus tard que Mo avait vendu son commerce, et avait trouvé une bonne place salariée à la société de distribution de l'électricité, à Casablanca. Gin s'occupait de l'administration d'un lycée éloigné de moins de mille mètres de leur domicile. Elle occupa cette fonction jusqu'à sa retraite.

Revenons à la fête de mariage de H et Kim. Mo n'avait pas lésiné sur la dépense. Le nombre des invités dépassaient la centaine. Deux orchestres, l'un au salon principal de l'étage, et l'autre, plus petit, au salon sous-sol. Des mets et des boissons plus recherchés les uns que les autres. Et la fête durât toute la nuit. Les jeunes mariés regagnèrent donc leur nid, un petit appartement au quartier Mer-Sultan. L'année suivante, j'eus l'autorisation de ma mère de passer presqu'un mois chez eux. Avec Ag, nous partions chaque matin, munis de sandwichs, à la plage Aïn-Diab où nous passions la journée. C'était des vacances vraiment réussies.

Il était une fois à Marrakech

Chapitre X

A cette époque, mon frère Sid, avant son poste au ministère de l'intérieur, avait été nommé directeur régional de La Poste, à Marrakech. L'administration était propriétaire, héritage de la période du protectorat, de nombreuses villas au quartier industriel, derrière le Guéliz. Il fut décidé de les vendre à certains employés. C'est ainsi que mon père, avec certainement l'aide de Sid, devint propriétaire d'une villa. Comme mes parents hésitaient à quitter notre cher quartier d'El-Kasbah, ils proposèrent, en 1961, la villa à H et Kim, qui l'occupèrent pendant deux ans, ayant obtenu facilement leur mutation professionnelle.

Ma grand-mère paternelle décéda en 1962, à l'âge de soixante-dix ans. Un drame qui nous bouleversa tous, à commencer par ma mère et mon père qui furent très longs à s'en remettre. L'année suivante, H et Kim rendirent la villa à mes parents, prirent un appartement en location au Guéliz, et se préparèrent à faire construire leur nouvelle maison. Entre temps, ils eurent en 1960 ou début 1961, à Casablanca où ils demeuraient encore, un premier enfant, un garçon, Ad. Dès que je sus la nouvelle, je devins fou de joie. Et j'écrivis une lettre enflammée à ma sœur, la félicitant et lui décrivant ce que j'imaginais du bébé qu'elle venait d'avoir. Ce souvenir m'amuse encore, car j'écrivais, entre-autre, que le bébé avait les yeux bleus ! D'où avais-je sorti cette idée ? Plus tard, on vit qu'il avait les yeux clairs légèrement tirant vers le gris !

Ma sœur S, la cadette de mes deux sœurs mais mon aînée de neuf ans, était déjà institutrice en 1960, depuis deux ans environ. On proclama, du vivant du roi Mohamed V, un recensement général de la population. Le pays venait d'obtenir son indépendance en 1957. Et l'on mit à contribution les professeurs et les instituteurs, qui agissaient comme chefs de groupe. Les enquêteurs étaient les élèves des classes du certificat d'études primaires ou mieux. Ma sœur me choisit comme enquêteur. Après avoir été vendeur de drapeaux en 1956, c'était mon second job. Mais celui-ci était officiel.

A cette occasion, comme je devais être payé pour ce travail, et donc encaisser mon premier salaire proprement dit, ma grand-mère paternelle, qui avait ses superstitions, égorgea un coq sur le seuil de la maison, en guise de sacrifice, et nous en prépara un rôti fameux. A l'époque, on ne trouvait pas de volaille déjà tuée et plumée, prête à cuire, comme on en trouve maintenant partout. Il fallait acheter un animal vivant au marché de la volaille jouxtant la place Djamaa-L'Fna, en prenant soin de bien l'examiner, de tâter son poitrail, de scruter la qualité de sa crête. Toute volaille ou animal qui n'était pas tué proprement en l'égorgeant, selon le rite, était qualifié de « gifa », ou charogne. On eut donc du sang de coq sur le seuil de la maison ! Pour grand-mère, c'était un sacrifice rituel, qui peut rappeler en minuscule les antiques hécatombes achéennes devant les hautes murailles de la ville de Troie.

Pendant mes enquêtes, découverte de la famille marrakchie moyenne : le chef de famille, un homme, pauvre, parfois deux épouses, toujours une ribambelle d'enfants, et un seul salaire, quand il existe, pour tout le foyer. Auparavant, Mohamed V avait fait un discours où il soulignait l'importance du recensement pour le pays, et comme il était vénéré, personne ne refusa de répondre à l'enquête.

Les premières automobiles quatre-chevaux de Renault venaient d'apparaître à Marrakech, et S en acheta une. C'était chez nous un très grand évènement. On n'avait qu'une bicyclette, en dehors de la petite mienne, celle de mon père. A Marrakech, rares ceux qui avaient une voiture automobile, et pour le transport en commun, on avait les calèches, au prix dérisoire. Je me rappelle d'un voyage à bord de la quatre-chevaux toute neuve, ma mère, H, votre serviteur, et S conduisant avec grande application. Toute une journée pour arriver à Rabat où nous rendions visite à mon frère aîné !

Rentrée des classes au collège Mohamed V, mi-septembre 1962. J'avais seize ans. C'était notre deuxième année secondaire. Nous nous reconnûmes dès l'instant où nous nous étions vus. Ab était le benjamin de la classe, de deux ans mon cadet. Mais il me dépassait d'une tête. Et maigre, le plus maigre de tous. Plus une qualité obligatoire dans notre petit milieu scolaire, il était amateur et grand pratiquant de football, connaisseur averti du football sud-américain, Boca-Junior avant tout. Ajoutez à cela une intelligence vive, qui sait manier l'humour et l'ironie, et vous vous demanderez comment ne pas être amis. Il était impossible de ne pas être ami avec Ab.

Il était une fois à Marrakech

Notre professeur de sport nous autorisait quelques parties de football, en sixte. Six contre six. Il n'y avait pas plus d'amateurs que douze. On nommait deux capitaines d'équipes, et chacun d'eux, à tour de rôle, choisissait un joueur jusqu'à ce que la répartition fût complète. C'était rapide. L'un de nos camarades, au surnom de Bah-bah, était borgne. Il lui manquait un œil, qu'il avait fait remplacer par une prothèse, une bille agathe, ce qui lui faisait un drôle de regard, un œil bleu-vert, le faux, et un œil marron, le vrai. Au cours du match, Bah-Bah se mettait soudain à crier : « J'ai perdu mon œil, j'ai perdu mon œil ! ». Il fallait alors arrêter tout, et on se mettait à chercher l'œil de Bah-Bah. Une fois l'œil retrouvé, on disait à notre ami : « Ecoute Bah-Bah, pourquoi tu ne laisses pas ton œil au vestiaire ? Un de ces jours tu vas le retrouver en morceaux ! » Mais rien à faire, Bah-Bah tenait à son œil, tout aussi bien qu'il tenait à faire partie du match. Et quand quelqu'un lui disait : « Ta solution c'est un bandeau plutôt qu'une bille » Bah-Bah lui jetait un regard noir, du seul œil encore valide qui lui restait.

Au lycée Ibn-Abbad, à partir de la troisième année secondaire, notre amitié grimpa d'un cran. Ab m'invitait souvent chez lui, une grande villa dans le Guéliz. Il y habitait avec trois de ses frères, plus une gouvernante, une assez vieille Mama originaire du Haut-Atlas, Il était le plus jeune des frères. Ses parents, du fait de la fonction du père, habitait un village juché haut dans les montagnes. Les frères de mon ami étaient en fin de cycle secondaire au lycée français, rebaptisé « Lycée Victor Hugo » au lieu de « Lycée Mangin ». Un grand poète à la place d'un général, c'est quand même mieux.

Nous travaillions surtout, et beaucoup. Physique et mathématiques en priorité, et résolutions des problèmes de notre impitoyable professeur M. Sb, priorité des priorités. A côté de cela, des parties de foot dans la cour de l'impasse, ou de ping-pong dans le jardin. Il n'y avait pas de télévision. De temps en temps, on voyait arriver un jeune américain qui s'était lié d'amitié avec l'un des frères. Il était coopérant au lycée Victor Hugo. Il parlait le français vraiment péniblement, et notre anglais n'était pas plus fluide. Mais on s'entendait très bien, surtout au foot ou au ping-pong.

De 1963 à juillet 1965, nous avions constitué une solide bande de copains, Vab, Ab, Bou, Bell, et Ham, qui allions nous retrouver ensemble à Rabat, une fois le baccalauréat obtenu.

Il était une fois à Marrakech

Le baccalauréat marocain se jugeait sur le contrôle continue de la dernière année, pour partie, et sur les résultats de l'examen pour l'autre partie. Pour le préparer, Ab et moi partîmes chez ses parents, en montagne. Réveil tôt le matin, à six heures, partie de foot une demi-heure, petit-déjeuner, et on plonge dans les révisions jusqu'à midi. Déjeuner. Rapide promenade, et re-travail jusque tard le soir. Tout cela pendant quinze jours. Mais le résultat fût là : Ab obtint le baccalauréat avec la mention Très Bien, et moi la mention Assez Bien.

Chapitre XI

La première question que je m'étais posée naguère demeurait, et demeure encore la même. Pourquoi suis-je moi ? Ce n'est pas le « Je pense, donc je suis ». Ce qui me hantait c'est pourquoi je suis moi ? Quelle est ma cause et quelle est ma finalité ? Pourquoi ne suis-je pas autre chose, ou quelqu'un d'autre ? Dans le tourbillon du quotidien, cette question se cache, comme perdue dans un brouillard épais. Mais elle réapparait dès que le calme revient un tant soit peu. La pensée de la mort l'accompagne. Je suis avant tout mortel, donc la fin sera là, fidèle au rendez-vous. La pensée de la mort m'est familière. Je note cependant que c'est bien des années plus tard que je pouvais la formuler clairement. Mais elle était toujours présente. Ma grand-mère paternelle, au début, me permit d'en atténuer la brûlure, en m'inculquant les premiers préceptes de l'Islam. Jusqu'à seize ans, j'étais profondément croyant grâce à ma grand-mère. Mes parents l'étaient aussi, ainsi que toute notre famille, malgré que mon père eût une certaine distance avec la pratique de la prière.

Il était une fois à Marrakech

Vers mes dix ans ma mère insista pour qu'il me donnât l'exemple, et pour commencer, avait-elle dit, « emmène-le à la mosquée avec toi ». Notre mosquée, Moulay El-Yazid, n'était, comme on l'a vu, séparée de notre maison que par le couloir qui mène au mausolée Saadien. Après les ablutions obligatoires, faites à la maison, on y alla. La mosquée Moulay El-Yazid est immense, avec des piliers très larges. Mon père nous choisit une place derrière l'un d'eux, en me disant que là, nous serons à l'abri des courants d'air. Comme c'était la prière de la mi-journée du vendredi, il fallait attendre les deux longs prêches de l'imam avant de commencer la prière proprement dit. Hélas, ce jour-là, la mosquée était infestée de courants d'airs, et nous fûmes bien servis, malgré notre précaution. Une fois revenus à la maison, mon père, qui souffrait d'asthme chronique, se trouva mal. Le lendemain, la crise l'avait saisi, et je l'entendais faire des efforts pour respirer, des sifflements qui nous terrorisaient tous. Le docteur Petz, notre médecin de famille, vint aussitôt. Cette crise dura plus d'une semaine. Enfin, il revint à lui, et nous en fûmes quittes pour une grande frayeur. De ce jour, mon père ne remit plus les pieds à la mosquée Moulay El-Yazid. Cet incident ne changea rien, nous restions plus croyants que jamais ; on pratiquait scrupuleusement le ramadan, mais par intermittence les prières quotidiennes.

C'était d'ailleurs le cas de tous mes amis de l'époque. La rentrée de septembre 1959 avait marqué le départ du cycle secondaire. Plusieurs de mes amis furent perdus de vue, mais des nouveaux se déclarèrent. C'était un grand changement. D'abord géographique. On devait changer de classe à chaque cours, en fonction de l'emploi de temps, qu'il fallait coller en première page du cahier de semaine, agenda obligatoire. Et à chaque cours, un nouveau professeur, un nouveau visage. Pour le français, nous fîmes connaissance avec Monsieur Paoli. Grand, la cinquantaine, chevelu poivre-et-sel en diable, plus sel que poivre, des moustaches gauloises, il avait des problèmes de dos, la colonne vertébrale tordue. Et toujours le même costume noir, veston croisée. Quand il entrait en classe, nous nous levions. Là, il disait : « Ceux qui sont debout, asseyez-vous. Ceux qui sont restés assis, couchez-vous ». Monsieur Paoli était un inconditionnel de la dictée. Mais il avait une méthode de notation peu courante. D'abord, il était impitoyable sur les mots. Les marges de nos copies, une fois corrigées, étaient truffées

Il était une fois à Marrakech

d'annotations au crayon rouge : des moins un, quand la faute était pardonnable, des moins deux ou moins trois quand elle ne l'était pas. Ensuite il faisait le total de tous ces points négatifs, total qu'il soustrayait de vingt, la note maximum. Bien entendu, ce total négatif consommait toujours le crédit des vingt points de départ, et bien au-delà. « Monsieur Untel, vous me devez quinze points », « Monsieur Untel, vous me devez dix points ». Au bout du compte, on devait à Monsieur Paoli une quantité invraisemblable de points.

Cette année-là, 1960, eut lieu le gravissime tremblement de terre d'Agadir. Toute la ville ancienne fut réduite en poussière, et ne subsistèrent, bien mal en point, que quelques immeubles de la ville nouvelle. Le nombre de victimes avait dépassé les dix-mille. Il y avait, parmi les survivants, un certain nombre de professeurs, qui furent répartis sur les collèges des autres villes. Notre professeur de mathématiques en était un. Cet homme avait perdu toute sa famille, femme et enfants, dans cette catastrophe. Quand le cours commençait, il exigeait que la porte de la classe restât grand ouverte, contrairement à l'usage. Et par moment, souvent, il restait là, le regard perdu, bouche close, insensible à tout, ce qui nous intimidait. C'était la classe la plus tranquille du collège.

Mais le cours qui nous plaisait le plus, c'était celui de l'arabe classique, devenue langue étrangère au même titre que l'anglais. Le professeur en était Monsieur Mohamed Mohamed Mohamed Mustapha. Trois Mohamed comme prénoms. En 1960, le gouvernement marocain, considérant que le pays manquait de professeurs, avait passé une convention avec le gouvernement de Jamal Abd-Ennacer, une convention de coopération. Monsieur Mustapha était venu dans ce cadre. L'arabe dialectal marocain est éloigné de l'arabe égyptien. Si nous, nous comprenions une bonne part de l'égyptien, grâce aux films égyptiens du cinéma Mabrouka, notre professeur, lui, ne comprenait rien à notre parler. Quoique les cours fussent en arabe classique, arabe universel, aux récréations, notre professeur nous demandait de lui rapporter des proverbes marocains en dialectal. Il s'était mis à les collectionner. On peut penser que c'est un autre moyen de faire connaissance avec notre dialecte. On lui en avait fourni une bonne quantité : « Le minaret s'est écroulé ? Pendez le coiffeur ! », comble de l'arbitraire. Ou bien « Celui qui t'a précédé d'une nuit, t'a précédé d'une ruse »,

Il était une fois à Marrakech

éloge de l'expérience. Ou « L'argent du lait a été emporté par Za'tote », comble du gaspillage. Et beaucoup d'autres. Monsieur Mustapha notait tout, le proverbe dans le texte, et son explication. Il semblait très heureux de vivre à Marrakech, où il était maintenant installé avec sa famille. Hélas, ce bonheur ne dura pas. Les relations entre le Maroc et le Raïs ne tardèrent pas à se dégrader, au point que les relations diplomatiques, si tant est qu'elles le furent jamais, se rompirent. Le gouvernement décréta immédiatement que tous les résidents égyptiens, coopérants ou non, devaient quitter le territoire dans les vingt-quatre heures. Nous vîmes Monsieur Mustapha en pleurs, tout aussi d'imposante stature qu'il était. C'était une grande injustice contre lui et ses compatriotes. La politique des Etats est toujours inhumaine. « L'Etat, c'est le plus froid de tous les monstres froids ». L'Etat dit : « Le Peuple, c'est moi ». A cause de ce subterfuge sémantique, le dialogue entre la Compassion et la Raison d'Etat a toujours été impossible. On en aura un autre exemple au moment où le conflit frontalier eut lieu entre les deux voisins qui se disaient frères, l'Islam étant leur religion officielle et leur Histoire ayant été commune pendant des siècles, le Maroc et

Il était une fois à Marrakech

l'Algérie. En 1963, tout juste un an après l'indépendance algérienne tant méritée et si coûteuse en vies humaines pour le peuple algérien, ce conflit éclata dans cette partie de la frontière peu précise entre les deux pays, centrée sur la région de Tindouf. Heureusement, la sagesse l'emporta cette fois-là, et les armes se turent après seulement peu d'affrontements. Mais les victimes collatérales furent les civiles algériens installés au Maroc, et symétriquement les marocains installés en Algérie. Dans les mois qui suivent, ils furent « invités » à quitter le pays, d'un côté comme de l'autre. Et parmi eux, Monsieur Lahb, qui sera notre professeur d'arabe classique, en 1962, et qui était une grande personnalité, respecté, ô combien, par tout le monde, et à commencer par ses élèves. Vies ravagées.

Monsieur Gostinsky était notre professeur de Géographie. Il était polonais. Etait-il réfugié politique, ou coopérant ? Les relations entre le Maroc et la Pologne étaient assez étroites, grâce au commerce. Il en était ainsi avec l'Urss et les autres pays de l'Est. Comme le Maroc ne disposait pas encore de réserves sérieuses en devises, le commerce avec ces pays se faisait en grande partie par le troc, bilatéral ou triangulaire. Par exemple,

Il était une fois à Marrakech

nous vendions des phosphates, des tomates, des oranges à l'Urss, et nous recevions de la Pologne l'équivalent en rails de chemin de fer. Il n'est donc pas exclu qu'une convention de coopération dans le domaine de l'enseignement existât avec la Pologne. Monsieur Gostinsky, un homme très grand, légèrement voûté, les cheveux assez rares et coupés court, les moustaches blanches, parlait moyennement bien le français, avec un fort accent. Nous suivions ses cours tout aussi moyennement, et s'il n'y avait pas les livres du programme, on aurait été en difficulté. Mais ce brave professeur, d'un caractère calme et disponible, vivait mal sa fonction au Collège Mohamed V, à cause du proviseur qui lui vouait une détestation que personne ne comprenait. Mais dans l'ensemble, nous recevions un enseignement de grande qualité.

Et nous travaillions beaucoup. J'avais passé deux années scolaires à ce collège, puis on nous transféra, à partir de la troisième année secondaire au Lycée Ibn-Abbad, à l'autre bout de la ville.

Longtemps, je regardais de loin notre bibliothèque, le riche héritage de mes sœurs. Elle m'impressionnait. Puis j'osai. D'abord feuilleter les grands livres avec leurs belles illustrations. Ensuite un livre, gros volume relié en cuir vert, de

Il était une fois à Marrakech

la correspondance de Napoléon, à laquelle je ne pouvais strictement rien comprendre. Puis le cinéma vint à mon aide. A Mabrouka, on avait donné « Les Trois Mousquetaires », avec Bourvil dans le rôle superbe de Planchet, qui nous amusait beaucoup. C'était quelque chose de magnifique. Justement, dans notre belle bibliothèque, on avait de nombreux romans d'Alexandre Dumas. Dès ma première année secondaire au collège, je m'étais jeté dessus. J'avais un livre avec moi presque tout le temps. Et je lisais. A la pause de midi, je déjeunais à la maison, rapidement, et puis m'installais pour lire, sous le préau à côté de la chambre de mes parents. Je ne comprenais pas encore tous les mots, mais je visionnais l'action, et je suivais le fil de la narration.

J'avais une bonne heure de lecture devant moi avant de repartir pour le collège où je devais arriver à quatorze heures. Depuis de nombreuses années déjà, je ne dormais plus dans la chambre de mes parents. On m'avait installé mon lit dans notre « salon », aux pieds de la bibliothèque. Dans la solitude du soir, je continuai de lire, et je vivais les aventures des d'Artagnan, Athos, Aramis et Porthos comme si j'étais parmi eux. Au cours des deux années que j'avais passées au Collège

Il était une fois à Marrakech

Mohamed V, j'avais lu tous les romans d'Alexandre Dumas, à commencer par les « Les trois mousquetaires » et les traitrises de Milady. Puis « Vingt-ans après » et le mystère du Masque de Fer ; « le Vicomte de Bragelonne » qui m'avait laissé une forte impression des amours malheureuses de Raoul et de Mademoiselle de La Vallière ainsi que de leur triste destin. La période de Louis XIV épuisée, j'étais revenu au temps de Henri IV et la Reine Margot, de La Dame de Monsoreau et des Quarante-Cinq. L'époque de la Révolution Française commença pour moi avec « Le Collier de la Reine », suivi des méandres de « Joseph Balsamo » avec le mystérieux Cagliostro. Ce dernier livre m'avait le plus intrigué. Je parlerai peut-être un jour de la curiosité que sa lecture avait suscitée en moi, et des conséquences, des dizaines d'années plus tard. Durant ma troisième année secondaire, qui ne se passait donc plus au Collège Mohamed V, mais au Lycée Ibn-Abbad, je me suis aventuré, le soir et parfois tard la nuit, à ouvrir le gros recueil des poèmes de Victor Hugo. En alternance avec « Les Misérables ». Certains passages des « Misérables » m'avaient dérouté. Je ne les comprenais pas ; les digressions de Victor Hugo exigeaient une solide connaissance de l'Histoire de France. Mais je m'en tenais à l'intrigue principale, et ça me suffisait. Pareillement pour la Légende des siècles et les Châtiments, je manquais de beaucoup trop de connaissances pour les comprendre et les apprécier. Je lisais aussi « Bug Jargal », du même génial auteur, dont je n'ai plus aucun souvenir, et qu'il faudrait que je relise, livre obtenu comme prix d'excellence à ma deuxième année au collège.

Mais je lisais. « Continue. Tu comprendras plus tard ». Je dois à toutes ces lectures mon véritable éveil à la belle langue de Molière. En 1963, en classe de quatrième année secondaire (équivalent de la seconde française), j'avais dix-sept ans. « On n'est pas sérieux quand on a dix-sept ans », avait dit le poète. Ce n'était point notre cas à Marrakech. Nos sottises étaient minuscules en vérité.

****